Un roman de

ALIÈNE

Phœbe
Hadjimarkos
Clarke

De la même auteure

Aux éditions Le Sabot

Tabor, 2021

Aliène

Phœbe Hadjimarkos Clarke

roman

Éditions
du sous-
sol

Couverture : Lucas Cranach l'Ancien (1472-1553), *La Mélancolie*
Conception graphique : Cyriac Allard
ISBN : 978-2-36468-751-6

À mes amix.

Les chiens ? C'est que Fauvel n'en a jamais raffolé. Ils ne lui déplaisent pas, c'est juste qu'elle ne ressent pas l'affection débordante que certains leur témoignent, ni même de connivence – pas spécialement, en tout cas. Les raisons à cela n'ont rien d'exceptionnel : elle trouve les chiens empressés, trop serviles, et puis ils donnent l'impression de manquer de finesse ou d'élégance, avec leurs grosses pattes poilues et l'odeur que l'on sait.

Ok, Fauvel n'a jamais adoré les chiens, mais c'est peut-être parce qu'elle n'a jamais eu l'occasion d'en rencontrer un pour de vrai. Pourtant ça y est, la voilà enfin face à une chienne, avec laquelle, en plus, elle devra cohabiter.

Votre réputation vous précède, ma chère,

lui dit-elle muettement en tendant la main vers elle.

Hannah la chienne la regarde droit dans les yeux mais ne lui donne pas la patte.

Fauvel observe Hannah avec admiration. Elle est élancée et finement musculeuse sous son poil ras. Elle a de beaux yeux. Mais Fauvel doute de pouvoir s'en faire aimer.

Luc, qui a peut-être senti sa crainte soudaine, la prend par le bras avec bonhomie pour lui faire visiter la maison. Il l'entraîne à grands pas loin de l'humiliante scène, lui explique en la guidant à travers le dédale du rez-de-chaussée :

Elle ne sait pas donner la patte

en tapotant l'épaule de son invitée. Mais son geste, condescendant sans qu'il le veuille, ne fait que confirmer l'affront.

Donc voilà, elle sait très bien donner la patte

se dit Fauvel,

seulement elle ne daigne pas me la donner à moi.

Peut-être d'ailleurs qu'elle ne la donne jamais, ni à Luc ni à personne, et il sait donc à quel point c'est vexant.

Luc part le lendemain matin pour un grand voyage.

Le tour du monde, ou un truc du genre. C'est une drôle d'idée que de vouloir faire le tour du monde, une idée d'un autre temps estime Fauvel, mais Luc est un être d'un autre temps, un type qui apprécie la bonne chère et les bonnes femmes, et qui aime à le dire. On l'imagine aisément, plus jeune, partir en Inde en stop, prendre des drogues psychédéliques, devenir bouddhiste, puis progressivement, à son retour, se remettre à manger du saucisson et commencer à voter au centre droit. Ce n'est probablement pas un mauvais bougre pour autant, du moins c'est ce que Fauvel est obligée de se répéter pour ne pas se laisser aller à un dédain atrabilaire mais bien naturel.

Mado, la fille de Luc, une vieille amie de Fauvel. C'est elle qui a arrangé le coup pour que Fauvel, en perdition depuis un moment déjà, devienne *dog-sitter* l'espace de quelques semaines. La mettre au vert, lui faire changer d'air. Qu'elle voie autre chose, qu'elle oublie un peu.

Une situation gagnant-gagnant, pourrait résumer Luc avec un sourire content. Pourtant, ces derniers temps, il est lui aussi effrayé par de grandes préoccupations. Bientôt le cercueil, et avant ça la dégénérescence, la maladie, les moments où le corps se liquéfie, où l'on sent presque déjà les asticots gigoter sous la peau. Alors il se dit qu'il aimerait profiter avant que ce soit tout à fait foutu. Voir le monde une dernière fois, tout embrasser, tout garder en soi pour que la mort soit, espérons-le, plus paisible. Sa copine Hélène, une espèce de bienfaitrice possiblement amoureuse de lui mais assurément riche, qui le poursuit de son amitié depuis des dizaines d'années, a dû sentir son désarroi. Elle leur a pris un package chez un tour-opérateur. Elle s'est chargée de tout, à tel point que Luc ne sait même pas quelle sera leur première étape. Il se laisse couler entre les mains douces et tachées de nicotine d'Hélène, se laisse couler dans le voyage et l'oubli.

Et voilà comment il se retrouve à confier son précieux toutou à la copine un peu bizarre de sa fille, Fauvel, qu'il connaît de loin depuis leur adolescence à toutes les deux. Elle lui semblait alors la plus prometteuse du duo, à tel point que Luc se demandait avec une certaine amertume ce que Fauvel trouvait à sa propre fille, Mado, apathique et défoncée ; avec au coin des lèvres, toujours, un pétard ou bien précocement la salive sèche des très vieilles personnes et des haschischins.

Fauvel était alors un feu follet, un être vif aux longs membres ondoyants ; elle avait un tas d'idées inhabituelles qu'elle disséminait de sa voix timide. Aujourd'hui, c'est une personne triste et fatiguée. Luc a remarqué ses ongles salement rongés sur des doigts rougeauds et courts, les mèches molles rangées derrière les oreilles trop grandes. Et surtout l'œil crevé, depuis peu. Mado lui a parlé de cette mésaventure avec la police, d'une blessure aux effets secrets et terribles, qui sape son énergie et la plonge dans un interminable cauchemar. Telle qu'il la voit maintenant, elle est en effet vidée de sa fougue, d'ailleurs elle n'a réussi à rien dans la vie, pas comme Mado qui a un bon poste et qui gagne de l'argent sans devoir quémander quoi que ce soit auprès des parents de ses amis.

Luc est satisfait de cette issue, très content de donner de l'argent à cette Fauvel dont il s'était senti indûment jaloux ; ainsi il lave l'honneur de sa stoneuse de fille. Il se sent ragaillardi, comme si le destin avait changé d'avis, et il explique à Fauvel d'une voix débonnaire :

> *C'est un coin qui n'intéresse pas grand monde. On est enclavés et mal desservis. Et puis les routes qui existent sont en sale état. En fait,*

c'est ce côté presque arriéré qui me plaît, je me sens libre ici

dit Luc en faisant des gestes au caractère lyrique d'une main. L'autre agrippe fermement le volant.

Pour sa part, Fauvel frotte de sa manche le verre opacifié pour mieux voir ce pays primitif ; on passe assez à propos à côté d'une vieille bâtisse abandonnée, entourée d'une forêt bordélique, un fouillis de lianes, de feuillus gris et de ronciers, c'est sombre dans la lumière hivernale, un peu triste : parfait.

Les semaines précédant son arrivée à Cournac, Fauvel est restée dans son appartement, inquiète et impatiente. Elle a pensé aux arbres s'embrasant des couleurs de la saison, aux feuilles qui roussissent, à la brume qui s'élève sur les champs et les forêts, à la pointe du froid peu à peu installée sous la peau. Elle a imaginé ce que ça pouvait représenter, un automne, un début d'hiver dans ces coins-là, pour suivre le fil des choses, de loin et amicalement.

Recluse dans la ville, elle a réfléchi à la faune sauvage ou non, à la vie nue, pleine de remue-ménage, d'affolement et de muscles qu'elle mène, de goût de sang ou de pousses fraîches, de courses de futaie en futaie, de fourrure hérissée dans le vent.

La nature telle qu'elle se l'imagine, et la vie qu'elle se projette dans la nature : elle sait bien que c'est des fantasmes. Sous sa couette, au milieu de dix mille rues, de dix mille routes, cernée par des tunnels ou des ponts qui ondulent ; écoutant d'une oreille les chuchotements de son appli de méditation censée apaiser son angoisse chronique, elle se dit que cette nature-là n'existe plus depuis longtemps, si tant est qu'elle ait jamais existé. Elle sait que la campagne, c'est aussi, et peut-être avant tout, des centres-villages en proie à la désolation, des zones commerciales dévorant les friches, les jardins et les pâturages ; des individus véhiculés et solitaires, sillonnant un territoire aussi étranger que la Lune.

Pourtant elle a eu hâte d'être arrachée à la ville et à la violence qu'elle y flairait partout. Elle s'y sentait traquée. Traquée par des ennemis. Partir, ça serait enfin leur échapper.

Quand elle arrive à Cournac, elle découvre une campagne jolie mais sauvage, pour ce qu'elle en aperçoit à travers la vitre embuée de la voiture de Luc, venu la chercher à la gare la plus proche.

Elle pense sans trop y croire quelque chose comme :
Ainsi il existe encore des lieux sur ce continent et dans ce pays qui est malencontreusement le mien, dans la mesure où cent fois préférable aurait été de naître apatride ou de ne pas naître du tout, il existe encore des lieux qui ressemblent à l'image idéale que l'on s'en fait.
Et cette pensée la plonge dans une sorte de vertige méditatif dont elle ne connaît pas la clé, dont elle n'est ni heureuse, ni malheureuse.

Luc reprend :
Tu verras, Hannah c'est une chienne assez particulière, j'espère que tout va bien se passer. Madeleine a dû t'en parler ?

Fauvel répète dans sa tête : *Madeleine ?* en rigolant, car elle a oublié que ce nom – qui lui évoque un petit gâteau qui s'émiette, c'est-à-dire : rien à voir avec son amie – est pourtant le sien.

Oui, un peu

élude-t-elle. Elle ne se souvient plus trop de ce que Mado lui a dit, elle a sûrement mal écouté une fois de plus. Mais il lui semble avoir retenu l'essentiel :

C'est parce que c'est un clone, c'est ça ?

(Comment j'aurais pu oublier ça ?

se demande Fauvel par la pensée.) Luc répond :

Eh bien oui. C'est bizarre, dit comme ça. Mais en fait, ça change pas grand-chose au niveau du chien en lui-même. Ça reste un chien, quoi. C'est un berger de Majorque, tu vois ce que c'est ?

Non, pas du tout. Mado m'a juste laissé entendre qu'elle était baraque.

Luc rit d'un air fiérot et ajoute :

C'est une bonne bête, une brave bête. Mais il faut que tu saches qu'elle peut être un petit peu agressive. Madeleine te l'a peut-être dit. C'est ce à quoi on ne s'attendait pas. Hannah, l'autre, la chienne mère, elle était tellement douce.

(Fauvel pense :

Ah génial, un méchant chien ingérable, exactement ce qu'il me fallait. Merci pour le plan, Mado.

Mais cette pensée, elle la garde pour elle, à la place elle s'enquiert :)

C'est pour ça que t'as décidé de la faire cloner ?

Oui, Hannah – j'allais l'appeler la vraie mais je veux dire la première…
Attends ! Je comprends
l'interrompt Fauvel avec grossièreté,
Hannah c'est le nom en miroir d'Hannah, pas vrai ? C'est Hannah à l'envers. Un palindrome. C'est pour ça qu'elles s'appellent toutes les deux pareil ! Trop marrant !

Ce ton enjoué et enfantin (*trop marrant*, sérieux Fauvel ?) pour inutilement amadouer ce type : elle fait pitié. Luc semble déçu que son truc ait été aussi vite défloré, il se faisait une joie de demander :

Et alors, tu sais pourquoi
je l'ai aussi baptisée Hannah ?

Il répond néanmoins d'un ton de voix égal :
Je sais bien que ce ne sont pas les mêmes animaux, que ce ne sont pas des animaux identiques, mais enfin je peux pas m'empêcher de croire que si. Bref, la première Hannah, c'était une chienne d'une douceur, d'une patience de dingue, vraiment un caractère rare. Elle était joueuse, elle était drôle, parfois je me dis que je n'ai jamais autant aimé un être…
(une pause songeuse)
Même si ce n'est pas vrai, bien sûr
ajoute Luc, lorgnant en coin pour tenter de savoir si Fauvel va répéter à sa fille qu'il lui préfère un animal mort.

Fauvel regarde droit devant elle, une expression degré zéro sur le visage.

Elle est partie noblement, la première. Elle était malade. Vers la fin, elle s'est enfuie parce

qu'elle ne voulait pas que je voie ça. Que je la voie comme ça.
Elle est allée se terrer loin, dans les collines où je ne vais jamais. J'ai passé deux jours à la chercher partout, à l'appeler Hannah, Hannah, je criais comme ça partout dans la campagne, je pleurais, je l'aimais tellement. Elle était souffrante depuis longtemps, elle devenait aveugle, souvent elle se – elle s'urinait dessus, c'était comme un gros bébé, un gros bébé avec un pelage qui devenait terne et miteux, et puis avec la taie bleue, là, sur les yeux.
Elle ne pouvait plus me voir depuis un moment déjà, mais elle me sentait, elle me sentait venir, par exemple avant qu'elle ne s'enfuie, elle glapissait quand je m'approchais de sa panière, c'était un son qu'elle n'avait jamais fait, c'était un bruit vraiment misérable de renard pris au piège ; et puis elle reniflait aussi ma tristesse, et donc elle s'est enfuie, la pauvre, la pauvre…
La pauvre

lui fait écho Fauvel pour dire quelque chose. La voix de Luc tremble, ses yeux se remplissent semble-t-il de larmes.

Au bout de deux jours à marcher partout, je l'ai retrouvée, tapie sous une souche, elle était encore plus maigre que quand elle était partie. Elle se laissait mourir de faim.
Je l'ai ramenée enroulée dans une couverture, je lui disais écoute Hannah, écoute, ma chérie, je sais que tu vas mourir mais je t'aime plus

que tout, tu es ma chienne fidèle et tu m'aimes aussi, je t'en supplie Hannah, reste avec moi. Je veux être avec toi pour la fin. Je voulais la tenir contre moi, qu'elle rende son dernier soupir dans mes bras. Elle était tellement obéissante, tellement gentille et compréhensive, j'étais sûr qu'elle resterait, qu'elle mourrait enlacée à moi, que je pourrais la caresser jusqu'au bout, caresser son vilain poil sale jusqu'à la fin. Mais cette nuit-là, elle est repartie, elle s'est glissée par la chatière, je ne sais pas comment, alors que c'était quand même pas un petit format, elle s'est enfuie à nouveau dans les collines, et ça, pareil, aucune idée de comment elle a pu se trimballer jusque là-bas, elle qui arrivait à peine à se traîner jusqu'à sa gamelle…
Enfin quand je l'ai retrouvée, elle était déjà morte. Dans un autre endroit, encore plus écarté, encore plus reculé, cachée dans une cavité formée par les racines d'un grand arbre. Je ne sais pas comment j'ai réussi à la pister, il y avait une force qui me guidait, comme si Hannah avait dessiné dans ma tête un plan marqué d'une croix là où je la trouverai. Comme si elle me l'avait transmis par la pensée. Enfin, c'est ce que je me dis, hein. Bien sûr que… Bien sûr qu'il y a rien eu dans le genre. Mais j'aime bien penser qu'elle était là avec moi pendant que je cherchais son cadavre… Qu'elle est encore là avec moi…

Fauvel par-devers soi demande
Pitié qu'on la sorte de là.

Le monologue de Luc la gêne, elle n'a aucune envie de l'entendre s'épancher. Subtilement il a accéléré et la voiture roule à toute allure sur la route couverte de pluie. Les essuie-glaces jouent une mélodie funéraire très triste, les reflets des gouttes, éclairées par les phares des voitures qu'ils croisent, coulent sur le visage de ce monsieur qui ressent pour son chien décédé de grosses émotions, des années plus tard. Fauvel malgré tout est traversée par l'envie de lui tapoter avec sympathie la main sur le pommeau de vitesse mais elle se retient.

Je suis désolée

murmure-t-elle à la place.

Ça avait l'air d'être un très bon toutou.

Oui.

Après un long silence mouillé, elle hasarde, prudente :

Mais d'ailleurs, j'ai jamais entendu parler de quelqu'un qui aurait fait cloner son chien en France. C'est possible depuis longtemps ?

En fait,

répond-il

ça n'est toujours pas légal. Et ce n'est pas moi qui ai voulu faire cloner Hannah, c'est mon amie Hélène. Sa fille travaille dans un labo aux États-Unis, au Texas. Ils font ça, là-bas, mais c'est très très très cher. Mais comme Hélène venait encore une fois d'hériter d'une somme conséquente, et qu'elle me voyait tellement abattu... En fait, elle avait tout préparé depuis longtemps en voyant la santé d'Hannah décliner, elle avait contacté sa fille. Les employés ont des réductions, alors... Elle a fait un prélèvement sur Hannah quand elle a vu venir la fin. Elle ne m'a prévenu que lorsque tout était déjà en place, déjà payé, déjà en route. Le chiot allait arriver chez moi dans moins de trois mois. Entretemps, j'avais fait empailler Hannah, la première, enfin tu verras. Elle est toujours dans le salon, je lui ai fait une belle place. Et puis la petite Hannah est arrivée, je ne voulais pas au début, je me disais que ce serait trop douloureux, mais dès que je l'ai tenue contre moi, et qu'elle m'a regardé comme la vieille Hannah me regardait, j'ai été conquis. Et puis elle faisait tout comme elle. Elles se couchent de la même manière dans la panière, elles tournent dans le même sens, et puis la tête posée pareil sur les pattes ; les croquettes, elles aiment les mêmes, et puis la première fois que j'ai emmené la petite Hannah en promenade, elle me devançait, elle courait devant, comme si elle connaissait déjà le chemin, celui qu'on prenait tous les jours ensemble, la vieille Hannah et moi. Son timbre de voix, sa façon d'aboyer, de me gratter délicatement la cuisse ou la main pour attirer mon attention. C'est la même chienne, la même !

Luc a de nouveau les larmes aux yeux, mais de bonheur cette fois. C'est un mec sensible. Fauvel se demande s'il ressent deux amours différents pour Hannah et Hannah, ou bien si c'est le même, distendu et remodelé. Il s'est arrêté de pleuvoir, et la voiture tourne sur une petite route de terre.

Au loin, un arc-en-ciel parfait s'étend au-dessus de buttes aux forêts mouvantes dans le vent. Un deuxième prisme fantomatique s'efface peu à peu dans le ciel vibrant. Fauvel ressent à son tour de fortes émotions, l'œil humide et la gorge nouée, et, confusément, l'impression que les lieux lui souhaitent la bienvenue.

> *Il fait beau à nouveau, c'est parfait. Je vais pouvoir te montrer la balade préférée d'Hannah, et ensuite je vais devoir faire mes valises. Je pars demain et je n'ai presque rien commencé. Hélène arrive tout à l'heure, on va dîner tous ensemble ce soir.*

La voiture débouche dans une cour de terre battue claire, entourée d'un jardin arboré. La forêt semble vouloir gagner du terrain, avançant ses arbres sur la closerie de Luc comme des sentinelles.

La maison est assez basse, compacte, lambrissée par endroits, festonnée de végétaux grimpants, devenus cassants pour l'hiver et luisants de la pluie qui vient de cesser.

Lorsque Fauvel pose le pied à terre, la chienne, invisible jusqu'alors, apparaît soudain.

Hannah la jeune gambade autour d'eux le regard alerte, la truffe levée vers Fauvel, vaguement menaçante. Elle doit être en train de l'évaluer avec son cerveau de cyborg, pendant que Fauvel tracte ses lourds bagages à travers la cour humide, en se remémorant les paroles de Luc – *elle peut être un petit peu agressive*, et cette affirmation concernant un gigantesque chien très musclé n'a rien de rassurant. Elle repense à ce que lui a dit Mado quelque temps auparavant, sans qu'elle puisse se rappeler le reste de leur discussion : *Hannah est une chienne chelou.*

Hannah a suivi les deux humains à l'intérieur, c'est alors qu'a lieu le mortifiant échec du premier contact : Fauvel a tendu la main, et la chienne l'a regardée, abasourdie par tant de bêtise, se détournant avec mépris et grognant un peu, inamicale.

Luc, après avoir fait mille papouilles gâtifiantes à la chienne, emmène son hôte faire le tour de sa maison, composée de pièces biscornues, chacune sur un niveau différent. Hannah les suit, la tête dressée et le pas leste, attentive au moindre des mouvements de Fauvel, légèrement hostile, légèrement carnassière.

Fauvel s'imagine ne jamais pouvoir retrouver son chemin lorsqu'elle sera seule dans la maison, le lendemain ; elle mourra de faim et de soif dans un recoin sombre.

Comme promis, dans le salon trône la vieille Hannah naturalisée et terrifiante, posée en hauteur sur une sorte d'autel domestique, entourée de photos et de jouets. Son poil est miteux, ses babines retroussées sur des gencives en cire rose, ses membres désarticulés ; elle ne ressemble pas à grand-chose, pas à un chien (mais qu'est-ce qu'un chien au fond ?). Il semblerait que Luc se soit fait arnaquer par le taxidermiste.

Luc installe Fauvel dans la chambre d'amis, au rez-de-chaussée, où une baie vitrée donne sur un potager entouré de hauts grillages en métal vert, et derrière, sur la forêt. Fauvel s'assied sur le lit en craignant le pire. Elle est isolée au milieu de nulle part, au milieu des bois, avec un molosse qui la trouve conne. Elle ne sait pas quoi faire de sa vie et elle a tout le temps peur, et elle a tout le temps mal à son œil. À sa blessure. La blessure dégouline en elle, l'embrase, la berce, la noie.

Qu'est-ce qu'elle fait ici ? Comment a-t-elle pu imaginer que venir ici – se couper de tout ce qu'elle connaissait, de ses quelques amis, du peu de stabilité qui restait dans sa vie en chavirement – serait d'une quelconque aide ? Elle est plus fragile que jamais.

Elle a bien apporté quelques grammes d'herbe (son péché mignon par temps d'oisiveté, auquel elle a recours de plus en plus souvent), mais elle doute de l'utilité, ou même de l'opportunité, qu'il y a à fumer des pétards dans cette situation. Elle se préparerait un aller simple pour le bad.

Elle soupire un gros coup. Est-il envisageable de fausser compagnie à Luc, là tout de suite, de prétexter une urgence l'empêchant de rester une heure de plus ici – une mauvaise nouvelle, un accident ? Il ne la croira jamais. Et pour retourner où ? Fauvel a rêvé cette retraite depuis des mois, depuis les profondeurs noires de la dépression. Elle a rendu sa fuite impossible : elle a sous-loué son studio à une amie d'ami, et puis elle n'a aucune envie de retourner en ville. Peut-être que c'est en réalité l'imminence du repos, son arrachement à la violence de la ville qui l'inquiètent ? La peur qui l'habite depuis si longtemps lui sert aussi d'ossature ; sans elle, Fauvel pourrait s'effondrer pour de bon, révélant ainsi qu'elle est pourrie de l'intérieur, vide, seulement boursouflée par la terreur. Est-ce que la neutralité relative du monde qui l'entoure à présent va révéler la nature complètement nulle de son âme ?

Luc l'appelle depuis la cuisine :

Viens, je vais te montrer la balade d'Hannah. Tu as des bottes ? C'est bien. Viens.

* * *

Ils s'engagent sur le chemin qui mène jusque dans la forêt, depuis un coin du jardin près de la fenêtre de la chambre d'amis. Les branches des pins exhalent leur odeur habituelle, il y a de la boue, de vagues chants d'oiseaux quelque part au loin. Hannah trotte devant eux, elle fourrage dans les broussailles, sprinte au détour des virages, se perd dans les bois, les surprend en accourant soudain derrière eux, en fonçant dans l'espace qui sépare Luc et Fauvel.

Elle est jeune, elle a une énergie inépuisable

murmure Luc, surjouant à peine sa stupéfaction admirative, comme s'il voulait prouver quelque chose. Fauvel a hâte qu'Hélène arrive. Elle a déjà rencontré Hélène à plusieurs reprises, et elle la connaît même mieux qu'elle ne connaît Luc.

Héritière, on ne sait trop par quels canaux, d'une fortune considérable, Hélène partage son temps entre les différents biens immobiliers qu'elle a acquis un peu partout, vivant ainsi la vie de nomade qui, à ses dires, lui convient le mieux.

Elle a connu Luc du temps où elle travaillait encore, au service archéologique d'une collectivité territoriale, et elle a conçu pour lui un violent attachement, dont la nature exacte reste quelque peu mystérieuse – Mado et Fauvel ont passé des heures à imaginer les liens qui les unissaient. Si elle attend avec un désespoir allant croissant de pouvoir coucher avec lui un jour, si au contraire elle le mène par le bout du nez dans une vie de sigisbée platonique qui l'arrange, elle ; s'ils sont juste de vieux amis qui n'ont aucun lien charnel, ou bien s'ils baisent comme des fous depuis des années. Les affections d'Hélène, en tout cas, se manifestent sous diverses formes invariablement munificentes : présents fastueux, voyages, festins et beuveries, opulence universelle. Elle a toujours considéré Mado comme le prolongement appendiciel de Luc : il était donc impératif de la couvrir elle aussi de cadeaux.

Lorsque Hélène venait à Paris, que Mado y vivait encore et que Fauvel aussi, elle les invitait dans des restaurants de la rive gauche, pour ce qu'elle avait baptisé ses "soirées parisiennes entre filles" (un titre que Mado et Fauvel jugeaient sordide), lors desquelles elle tirait en permanence et à grand bruit sur une cigarette électronique incrustée de pierreries, buvait un peu trop, puis faisait des plaisanteries grivoises, éructant parfois sans vergogne. Malgré leur surnom détestable, ces dîners étaient en fait des moments d'allégresse, et Fauvel aimait bien Hélène, cette espèce de tante parfois grossière qui les inondait d'amour une fois tous les six mois, du temps où elles étaient étudiantes.

Mais maintenant que Mado et Fauvel ont toutes les deux déménagé, cette dernière n'a plus vu Hélène depuis longtemps, et elle ressent presque de l'appréhension. Elle n'est plus la post-adolescente que l'on gâte mais une trentenaire borgne qui vit d'allocations.

Fauvel en est là de ses réflexions chagrines, s'éloignant toujours un peu plus de Luc (pas envie de marcher à ses côtés ; cette proximité, pour une raison ou une autre, l'indispose), tandis qu'Hannah trace autour d'eux en galopant des cercles aux dimensions variables, lorsque tous trois sursautent en entendant une détonation.

Fauvel bondit de manière exagérée, en poussant même un petit cri, et elle sent Luc se hérisser d'agacement et expliquer :

Bon, il y a des chasseurs. Il faut qu'on change d'itinéraire.

Il marche vite, il a rappelé Hannah et la tient en laisse près de lui. Des détonations retentissent à nouveau, plus proches cette fois. Au loin, entre les fûts des arbres, Fauvel distingue les éclairs orange fluo des gilets de sécurité des chasseurs. Ils sont dans la forêt, à l'orée, avançant péniblement vers un champ nu. Les jappements des chiens, le son clair des grelots qu'ils portent à leurs colliers se font de plus en plus nets.

Les promeneurs débouchent des bois, tournent dans un chemin profond qui court entre les prés, entouré de hautes haies d'aubépines dont les branchages obscurs ne font entrevoir que de minces trouées, des bribes hachurées et discontinues de verdure ou de ciel. Derrière ces haies, sans doute, il y a encore des chasseurs, et Fauvel commence sérieusement à craindre de se prendre une balle perdue.

Ça s'est déjà vu, elle le sait. Elle imagine des gros types bourrés et myopes rôdant derrière les buissons, qui les prendraient pour des sangliers. Elle ressent déjà la douleur de la balle qui transperce sa peau et puis son agonie sur ce chemin, veillée par Luc et son chien méchant. C'est trop idiot.

Ils pressent le pas, Fauvel entend la respiration saccadée de Luc, c'est sans doute l'effort mais ce bruit lui fait peur, elle voit la tête mobile d'Hannah qui tourne dans tous les sens, leurs pas clapotent sur le sentier et Fauvel est à deux doigts de l'hyperventilation elle aussi. Elle trébuche sur de vieilles racines qui n'ont rien à faire là, elle se raccroche au bras de Luc qui se tourne vers elle surpris, les yeux écarquillés ; Hannah fait un bond vers elle en grognant. Luc la calme d'un geste de la main, rattrape Fauvel au vol, tout va mieux, ils avancent d'un pas rapide.

Il y a encore un embranchement, et Fauvel se dit qu'elle ne réussira jamais à se repérer dans ce labyrinthe de chemins circulant entre les bocages et les poches forestières. Elle ne comprend pas encore la logique du paysage, comme elle ne comprend pas celle de la maison. Elle ne comprend rien.

Ça grimpe, c'est un chemin pierreux, avachi par la pluie ; au loin on perçoit encore les aboiements de la meute, et puis des ruisselets fangeux affleurent entre les cailloux et les bottes alourdies par de gros paquets de boue.

Soudain un 4 × 4 déboule rempli d'hommes plutôt jeunes, la peau tendue et rouge, discrètement acnéique, les tempes et la nuque rases, beaux à leur manière, vêtus de treillis orange imprimés de feuilles et d'arbres.

Le volant tenu nonchalamment, la gourmette qui verse sur le poignet comme un bijou princier, les sourcils droits et épais.

L'auto s'arrête à leur niveau, le conducteur, une personne à la carrure massive, passe une main, la droite, gonflée et gigantesque, par-dessus le volant puis à travers la vitre pour la tendre à Luc qui s'empresse de l'empoigner avec énergie, arborant soudain un air fripon, ou tout du moins espiègle. Sa petite menotte d'ex-bureaucrate paraît minuscule dans la patte du chasseur, mais ils se les secouent néanmoins comme il se doit : une saccade ferme, brève, et basta.

Alors, on se promène

demande le type en voiture.

Il indique d'une bouche molle qu'on ne peut pas continuer par là, qu'il y a une battue en cours, qu'il vaut mieux faire demi-tour.

Du gros gibier

ajoute-t-il en faisant des œillades entendues à Fauvel, qui ne pige pas. Le gros gibier, c'est quoi ? Sa bite ?

Imaginer une pièce de haute venaison sombre, ou un énorme pâté peut-être, entre ses cuisses, ça ne constitue pas exactement un appel à la débauche. Ou bien il compare peut-être Fauvel à une laie, une grosse femelle soufflant dans sa soue, pleine de merde et de fruits de bardane comme des clochettes sèches. Est-ce qu'il essaye de la draguer de cette manière sale, ou bien est-ce que c'est juste un moyen de faire grimper la pression ?

Luc, Hannah et Fauvel sont coincés entre le 4 × 4 et un mur de pierre sèche branlant. Le gros véhicule prend toute la place sur le chemin, on pressent qu'à force de vibrations, le muret va s'écrouler. Dans l'habitacle, les copains s'impatientent. Le talkie-walkie tenu par l'un des hommes grésille des injonctions à rejoindre un autre point, un autre groupe. Un certain nombre de boîtiers clignotent dans une caisse aux pieds du type assis à la place du mort.

Faut qu'on y aille, tchatchao

explique enfin le chauffeur en faisant vrombir son moteur. En redémarrant, il arrose de boue le trio. Hannah explose en aboiements furieux, tire sur sa laisse, rugit après eux à moitié étranglée, les pattes soulevées dans les airs.

Il faut donc revenir sur ses pas. Fauvel fulmine, troublée :

C'est tout de même chiant, de ne pas pouvoir marcher comme on veut, c'est la deuxième fois qu'on doit changer de direction en dix minutes.

Oui, bon... C'est pas bien grave, c'est ça aussi la vie à la campagne

se contente de répondre Luc.

Le chemin est encore moins praticable que tout à l'heure, les roues du 4 × 4 ont retourné la terre, étalé la gadoue et l'eau. Hannah lève haut les jambes pour ne se les mouiller qu'au minimum, l'air dégoûté et fort précieux.

À l'embranchement, un autre chemin encore, qui mène directement à la route, une petite départementale sinuant entre les prés humides. Luc concède :

Au moins, là, on sera tranquilles. Il n'y a jamais de voitures.

Il détache Hannah qui sans un regard pour les humains se met à trotter devant, à renifler dans les coins, comme tout à l'heure, la truffe au vent, le poil se hérissant par intermittence, grognant de-ci de-là contre des ennemis invisibles. C'est une chienne pour de vrai, même si Fauvel ne peut s'empêcher de la voir comme une sorte d'être robotique, un faux, une virtuose de l'imitation, un simulacre de bête. Son animalité est cependant évidente, cet aveuglement et cette insensibilité, cette vie pour soi.

Luc et Fauvel ne savent pas trop quoi se dire et marchent sans parler, la tête baissée, le regard s'égarant parfois sur les collines ou sur Hannah zigzaguant devant eux. Leurs pas claquent sur le goudron brillant de pluie, l'air a cette qualité transparente et frêle qu'il a toujours, au-dessus des routes, quand il s'est arrêté de pleuvoir.

L'atmosphère tout à coup s'électrise.

Des hurlements, des grognements, des sons de grelots et de lutte. C'est tout près, juste derrière un virage de la route.

Luc s'y précipite sans se retourner. Fauvel reste paralysée. Elle ne veut pas assister à la mise à mort d'un animal et elle ne doute pas que c'est de cela qu'il s'agit. En même temps, comment faire, toutes les pistes pour regagner la maison sont bloquées, inaccessibles, occupées par les chasseurs qui campent là avec leurs armes terrifiantes, leur idée terrifiante du monde.

Elle n'a aucune envie de voir se faire déchiqueter un sanglier, de passer à côté d'une curée en cours, de patauger dans le sang et les viscères comme elle a pataugé quelques instants auparavant dans la boue. Mais elle voit bien qu'il n'y a pas d'autre solution. Elle est seule, Luc ne revient pas, les hurlements s'amplifient. Elle entend que Luc s'est mis à crier lui aussi, peut-être qu'il a besoin d'elle. Impossible de fuir.

Elle s'avance avec toutes les précautions nécessaires, la main tenue à hauteur du visage sans qu'elle y pense, toute prête à couvrir sa bouche, ou à la plaquer contre sa joue, à protéger vainement l'œil qui lui reste. La terreur lui picote la peau, tout le corps, et ses jambes peinent à la porter. Comme elle prend la courbe de la route dans sa largeur, et alors qu'elle ne voit encore rien de la scène qui se déroule juste derrière, un nouveau coup de feu retentit. La balle siffle tout près de son visage. Elle s'effondre.

* * *

C'est l'année précédente que Fauvel a entièrement sombré dans la peur.

Pourtant, elle ne se souvient pas d'une époque sans elle. La peur n'a jamais été absente, dès l'enfance. Serpentine elle a pris la forme d'une méfiance s'enroulant de tous côtés, pénétrant les interstices, quelque chose qui signifiait que son corps, aux yeux des autres, n'était peut-être pas aussi précieux qu'elle l'aurait espéré.

Tambourinant comme le pouls d'un boa constrictor, elle a écrasé sa poitrine lorsque poignait la violence, lorsqu'il n'y avait d'abri nulle part.

La grosse voix, la rugosité des mains, l'étrangeté de cet homme qui ne lui était lié par rien d'autre que par l'irruption imprévisible de ses emportements. Lorsqu'il se mettait en colère, toujours pour des raisons inexplicables, il émettait une odeur extravagante et dégueulasse, l'humus aux branchages morts, le soufre des œufs pourris, la pointe de fer du sang ou de l'étron malade. Pourtant, si on l'écoutait, c'était son odeur à elle qui posait problème.

Sale gamine insolente, sale pute insolente, tu me provoques tu me provoques encore attends, pourquoi tu cherches pourquoi tu cherches aussi, tu me dégoûtes, tiens ferme ta gueule va, allez casse-toi,

Tu pues, tu me dégoûtes vraiment, tu me dégoûtes tellement, casse-toi, casse-toi je veux plus te voir.

Fauvel traînait donc son corps puant et meurtri ailleurs là où personne ne pouvait la voir, où elle ne risquait pas de subir une nouvelle attaque. Elle restait des heures dans le jardin, dans des tunnels secrets qu'elle avait ouverts entre les branchages de la haie de thuyas, à s'ennuyer avec appréhension. Elle pouvait suivre les galeries jusque dans les jardins des autres et elle se tenait derrière les aiguilles molles à regarder chez eux. Il ne se passait jamais rien d'intéressant, les autres mataient la télé et faisaient des barbecues, parfois les enfants des autres apercevaient ses yeux entre les branches et restaient à l'arrêt, médusés. La technique de Fauvel consistait alors à ne jamais bouger et à ne rien dire, elle n'essayait pas de se cacher, mais s'imaginait qu'elle devenait elle-même l'un des troncs odorants de la haie. Les enfants des autres se détournaient sans rien dire, et Fauvel restait paralysée : arbuste.

Parfois, elle poussait jusqu'à la fin de son tunnel, qui débouchait sur le terrain situé derrière le supermarché où il n'y avait jamais personne, juste de gros rochers, arrachés à une falaise très loin d'ici, qui empêchaient les voitures de se garer. Il n'y avait rien à y faire mais ça ne la dérangeait pas d'être là.

Elle avait mal aux joues aux bras aux fesses à la racine des cheveux. On lui avait raconté des histoires d'enfants battus avec des ceintures ou à coups de pied, et jusqu'à la mort, ce qui n'était pas son cas. Il lui semblait qu'il existait un autre monde encore pire, dégoulinant et bien plus terrible, ça se passait ailleurs dans des maisons de torture noircies par la panique. Elle était préservée de tout ça, de la vraie violence, donc sûrement que ça allait, et puis sûrement qu'elle avait été un peu insolente, qu'elle avait répondu alors qu'elle aurait dû la fermer.

Mais elle avait mal au ventre tellement elle craignait et détestait ce mec qui venait dormir à la maison toutes les semaines, qui passait parfois le week-end entier chez elle et sa mère. Elle savait pourquoi il était là : pour le sexe. On lui avait aussi raconté des histoires terrifiantes et sales sur le sujet. Sur les pédophiles et les pervers. Le mec ne la touchait pas comme ça. Il avait une multitude de façons cruelles d'interagir avec son corps, mais pas celle-là. Fauvel pouvait sûrement s'estimer chanceuse là aussi. Pourtant, le fait que sa mère ait envie de faire l'amour avec lui encore et encore, toutes les semaines comme ça, c'était difficile à comprendre, Fauvel voulait vomir quand elle pensait à ses mains malodorantes et dures sur elle. Elle imaginait sa queue comme une longue tige flexible et brûlante au bout, qui devait blesser celles et ceux qu'elle touchait. Pourquoi sa mère voulait ça ?

Mais est-ce que ce n'était pas plutôt Fauvel qui avait un problème à ne pas pouvoir accepter que sa mère ait un amoureux ? C'était peut-être pour ça qu'il la punissait, ce connard.

C'était une menace flottante qui pouvait débarquer à n'importe quel moment. Quand elle rentrait de l'école, elle ne savait jamais s'il serait là ou pas, s'il serait bien luné ou pas, si sa colère ça allait être des gueulantes ou des tapes ou des gifles ou pire éventuellement. Le soir, elle ne voulait pas rentrer à la maison. Le matin, s'il n'était pas là, elle ne voulait pas partir à l'école, de peur qu'il apparaisse dès qu'elle aurait le dos tourné. Quand il était présent, elle se pissait dessus pendant son sommeil. Les lendemains, on la bannissait pour sa malpropreté dégoûtante. Il était impossible de savoir quand il repartirait, combien de temps durerait son séjour, combien de temps durerait son absence subséquente.

En règle générale, après son départ, sa mère la tenait contre elle en répétant abstraitement *Pardon pardon ma chère chère chérie*, ce qui n'était suivi d'aucun effet tangible. Elle ne le quittait pas.

Mais un jour, le mec fut écrasé par un camion-poubelle qui avait fait une marche arrière intempestive comme seul le plus implacable des destins en est capable, et c'en avait été fini de l'époque de la longue peur ; Fauvel à l'orée de l'adolescence avait revécu.

La peur cependant n'avait pas trop attendu pour refaire surface, réapparaissant avec le tout-venant glauque de la vie d'adulte : le temps avait passé, c'était son tour à présent. Il y eut des petits copains pas cools, des types louches dans la rue, des relous plus ou moins effrayants dans le métro, au café, à l'école, au travail.

Elle avait appris que parfois, il fallait regarder discrètement autour de soi, calmer par la parole, rire aux blagues si le type était d'humeur à plaisanter, être patiente et gentille, être polie, trouver une échappée possible, commencer à réfléchir à la manière de se protéger s'il n'y avait plus d'autre solution, comment protéger son crâne sans en avoir l'air (sans mettre en colère le mec), et puis ensuite se couler s'il le fallait dans un nouveau rôle : se laisser faire, ne rien dire, laisser son corps à autrui, ne plus s'en soucier, éteindre le courant, éteindre son cerveau, tout éteindre pour un moment, c'est toujours mieux que de mourir.

Savoir jusque dans les tréfonds de soi-même, dans les organes, les tissus, les ossements, que ça peut recommencer, que la violence n'est jamais vraiment très loin, que ses attitudes et son regard craintifs ne font parfois qu'exciter la férocité, qu'il n'y a probablement pas d'échappatoire.

Que sentir la faiblesse d'autrui fait naître le désir d'exercer plus absolument la domination que cette faiblesse dessine. Qu'alors écraser devient une issue délicieuse.

Ces dernières années, elle a découvert que ce goût de l'écrasement peut prendre une forme publique : de plus en plus souvent, sur les trottoirs et dans les caniveaux, il y a après les manifestations du sang qui coule comme si c'était de l'eau normale bien qu'un peu sale.

Depuis des années maintenant, elle et tous les autres suffoquent dans les gaz lacrymogènes, craignent les flashballs. Depuis des années on découvre, de retour chez soi après des manifestations éprouvantes, ses tibias tuméfiés par les éclats de grenades de désencerclement qui ont explosé dans la foule. Les fringues sont tellement imbibées de gaz que même une fois les vêtements enlevés la peau brûle, les yeux piquent pendant des jours, on a du mal à respirer. On a les poumons, l'épiderme abîmés durablement. Les règles font plus mal, ces mois-là. Et ça, c'est quand on a de la chance. Il peut arriver des choses bien plus terrifiantes.

Mais Fauvel et tous les autres ont continué à sortir dans les rues, à courir, marcher, pleurer dans les rues, pour conjurer la terreur, les cauchemars, ne pas les laisser vaincre. Tous ensemble, à gueuler dans la rue, au milieu des voitures de flics et des chiens mortels. Enfin il devient envisageable, dans toute cette terreur, de ne plus avoir peur. Enfin on est incarnés. Le corps n'est plus juste une machine à alimenter, à soigner, à purger, où circulent la merde et le sang qui versent à la moindre occasion. On s'en sert pour autre chose que de la mécanique.

Mais c'est ce corps qui est en péril. Ce corps qui tremble à la vue d'uniformes, qui sue et pète de peur ou de colère, qui cauchemarde la nuit.

Ces poumons, ces jambes, ces oreilles, ces yeux, ces ventres, ces mains, ces cerveaux.

Fauvel et Mado déambulent. C'est la fin de la manif. Au détour d'une rue, elles tombent sur un groupe de flics maintenant une jeune femme à terre.

C'est pas plus brutal que les charges, que les coups dans les cortèges des dernières années, mais c'est plus personnel. Les corps en torsion, celui de la jeune femme écrasé. Les cris, la tension qui irradie de ce nœud au sol. Les agents sont excités, ils bondissent en direction de Mado et de Fauvel et leur ordonnent de s'écarter, pendant qu'ils tordent les membres de la fille à terre, qu'ils lui mettent des coups. Elles ne bougent pas assez vite, ou pas du tout. Fauvel ne sait plus. Alors l'un des keufs leur fait généreusement goûter à sa gazeuse familiale.

En suffoquant, elles ont crié quelque chose du genre : *Mais ça va pas la tête, vous êtes complètement tarés* ou *On n'a rien fait*. Impossible de respirer ou de réfléchir, leurs poumons, tout leur corps, sont saturés par le gaz. D'où est parti le gros glaviot, du gosier de Mado ou bien de celui de Fauvel, difficile à dire. Les deux à la fois, peut-être, la bouche en feu, décomposée en glaires épaisses jusqu'au fond de la gorge. Des crachats en direction des forces de l'ordre. Même pas réfléchis, instinctifs, dérisoirement défensifs.

Mado et Fauvel essayent de se faufiler entre deux voitures, de s'éloigner des flics pour respirer. La captive a réussi à s'échapper à la faveur de l'altercation. Les deux amies fuient aussi, mais quand Fauvel se retourne pour s'assurer qu'elles ne sont pas pourchassées, elle entend un bruit qu'elle connaît très bien, le *poc* caractéristique d'un LBD que l'on tire. Une fraction de seconde plus tard, Fauvel reçoit dans le visage la balle de caoutchouc dur.

* * *

Ça ne dure pas longtemps, d'être dans les vapes, et Fauvel reprend connaissance déjà en train de s'appuyer sur le goudron humide, sa veste mouillée, son visage, du côté du bon œil, parsemé de tout petits graviers moites. Elle ne se souvient pas d'être tombée sur la tête, en tout cas elle n'a pas mal.

Pas blessée, pas morte.

Pas cette fois.

Devant elle, une scène de chaos : au sol roulent Hannah et une petite chose velue munie de crocs qui s'enfoncent dans les membres musculeux du clone, Luc crie en s'arrachant les cheveux par poignées, risquant de temps à autre un pas vers la masse écumante, et puis se reculant, par peur de prendre un coup de dent. Un homme plus âgé à l'aspect vigoureux, la peau écarlate sous sa casquette fluo, porte contre son buste un fusil fumant orienté vers le ciel qui se couvre à nouveau. Il a l'air furieux.

Rappelle ta chienne, putain, rappelle ta chienne !

Luc fait avec les bras de grands gestes d'impuissance.

Rappelle ta chienne, putain de ta mère, sinon le prochain plomb il est pour elle, et j'en ai rien à foutre de combien tu l'as payée !

Luc misérable murmure

Hannah, Hannah

vraiment pas très fort, il tend les mains vers les chiens qui luttent, mais en vain. Tout semble mou en lui et alentour à cet instant. Il est comme tout fondu. Les bras sans force, l'œil suintant, la goutte au nez.

L'homme à la carabine commence théâtralement à mettre en joue la mêlée qui change sans cesse de forme. Impossible de savoir s'il est sérieux, s'il va tirer dans le tas, sur ce que l'on suppose être l'un de ses propres chiens, revêtu d'un harnachement métallique, une armure peut-être.

Alors que personne ne semble l'avoir remarquée, ni son irruption ni sa chute, Fauvel se jette sans prévenir sur les chiens et arrache avec une agilité qui lui paraît inusitée la petite boule de poils faiblissante. Celle-ci n'est cependant pas en reste et continue à mordre et à griffer la grande Hannah pendant que Fauvel l'extrait d'entre ses pattes, ce qui sans la blesser ne fait qu'augmenter la rage de la grande chienne, et Fauvel évite de justesse de se faire croquer.

Le perdant est un teckel à poils durs, affublé d'une barbiche et d'une moustache qui lui donnent l'air d'un savant professeur. Il est équipé d'un boîtier GPS muni d'une antenne qui pend misérablement sur le côté, cassée en deux. Le boîtier émet régulièrement une petite lumière verte comme un œil qui cligne. Pas d'armure médiévale, juste une extension cyber-cynégétique sur un tout petit clebs.

Hébété pendant les premières secondes après que Fauvel l'a arraché à une mort certaine, le teckel reste un moment inerte dans ses bras. Du sang coule de nombreuses plaies parsemées sur son minuscule corps tout dur. Il recommence soudain à se débattre, la griffant à travers ses vêtements, pour essayer de fuir ou bien de retourner au combat, ce n'est pas clair.

Dans le même temps, Hannah, qui elle aussi est restée un instant sidérée, peut-être de l'insolence de Fauvel, commence à se ruer sur elle. Sa gueule est gigantesque comme une déchirure, ses crocs sont enchâssés dans des mâchoires prognathes ; tout ça est entièrement destiné à Fauvel.

Non merci,

répond-elle avec sa voix intérieure.

Luc se jette sur sa chienne, l'agrippant de toutes ses forces par le collier. Elle le traîne par terre sur plusieurs mètres, Luc hurle pour que le chasseur ne tire pas, il hurle sur Hannah pour qu'elle s'arrête. Le teckel lacère les avant-bras de Fauvel. Le chasseur hurle lui aussi, il hurle sur son chien :

Axel ! Arrête ça tout de suite !

C'est l'affolement général. Plus personne ne sait vraiment ce qu'il se passe.

Mais deux minutes plus tard, la situation est revenue à la normale. Hannah est tenue en laisse, digne et méprisante. Le teckel est reparti on ne sait où, battre la campagne à la recherche de gibier à égorger sans doute, et les deux hommes discutent presque comme si rien ne s'était passé.

Va falloir que tu la tiennes mieux ta chienne, quand même

dit le chasseur, quasi nonchalant.

Ce serait dommage qu'il lui arrive des bricoles. Vu comme quoi elle est unique, enfin à sa manière, quoi.

(Il rit ; et c'est vrai, Hannah est l'un des chiens les moins uniques de l'univers, c'est un membre d'une meute de doubles que Fauvel imagine galopant dans les déserts texans.)

Bien sûr, cette conversation n'est légère qu'en apparence, il y a un sous-texte de menaces qui frissonne en dessous comme une vaste main spectrale qui rattraperait les miettes du conciliabule.

Fauvel, Luc, Hannah repartent.

Ils marchent très vite maintenant, comme s'ils avaient un rendez-vous auquel ils étaient en retard.

Luc ne dit rien, c'est un homme humilié. Il avance à grands pas, ça fait assuré, mais la manière qu'il a d'allonger la jambe montre bien qu'il est défait. Hannah au bout de sa laisse ne lui jette même pas un regard.

Fauvel aussi est silencieuse.

En restant seulement quelques minutes sur la route, puis en coupant par un petit sentier, l'équipée arrive déjà à la maison. Ce n'était pas si loin. Le gigantesque SUV d'Hélène est garé dans la cour.

Luc détache Hannah qui s'engouffre en clabaudant dans la porte d'entrée ouverte. Hélène apparaît quelques instants plus tard dans la cour crépusculaire, Hannah sautille autour d'elle, lui fait fête et lui dit bonjour.

Bonjour
chantonne également Hélène avec sa voix de rombière fumeuse – c'est un son fort agréable, qui évoque des soirées confortables dans un espace clos à l'odeur de tabac, une radio à bas volume, peut-être, en arrière-plan, des tisanes et des alcools chauds, des confidences distillées sur un ton comique.

Elle a déjà commencé à préparer le repas, comme ça Luc peut aller faire ses bagages tranquille. Elle fait deux grosses bises sonores à Fauvel, en lui tenant la tête entre les mains. Elle regarde à peine son œil crevé, elle fait comme si de rien n'était de façon tout à fait naturelle. Elle a quelque chose d'impressionnant, de presque redoutable. Fauvel sent son rouge à lèvres parfumé enflammer ses pommettes tandis qu'elle l'entraîne dans la cuisine, où règne l'odeur d'un quelconque ragoût.

Ça sent bon, n'est-ce pas ?
glousse Hélène.
Je suis végétarienne
soupire Fauvel au désespoir : c'est qu'elle a faim.
Mais oui, sûrement que ça sent bon, je sais pas.
Enfin si, ça sent bon
s'emmêle-t-elle mochement.
Ah merde, bien sûr, j'aurais dû m'en souvenir !
Déjà à l'époque avec Mado qu'est-ce que vous

étiez embêtantes avec ça ! Bon, mais qu'est-ce que je te fais ? Une omelette ?

Fauvel hésite un instant, elle a envie de lui révéler le pot-aux-roses : elle n'aime pas particulièrement les œufs, elle n'a pas particulièrement besoin, pour éviter de se sentir lésée, de remplacer la viande par ce visqueux viatique. Elle finit par adopter le même ton faussement enthousiaste que tout à l'heure :

Une omelette, ce serait super. Je peux m'en occuper.

Mais Hélène la chasse de la cuisine, et Fauvel se retrouve à errer dans le dédale du rez-de-chaussée, à la recherche de sa chambre. Elle tombe soudain nez à nez avec la vieille Hannah empaillée. Sous son regard glacial, la table du dîner est déjà mise. Fauvel presse le pas, entre comme par enchantement dans sa chambre. Sur le lit, Hélène, sans doute, a posé deux serviettes (une grande, une petite) et un gant de toilette. Toutes les couleurs sont coordonnées. Elle a placé des chocolats sur son oreiller, disposé une carafe d'eau et un verre sur la table de chevet. Fauvel s'assied sur le lit, regarde un moment dans le vide. Elle envisage de se rouler un joint mais se décide contre. À la place, elle s'allonge sur le côté, en chien de fusil (elle pousse un grognement de rire) et s'endort tout de suite.

Elle s'éveille presque aussitôt. Il y a quelqu'un dans la chambre, mais la nuit est tombée et elle ne voit rien. Elle réalise qu'il ne s'agit pas de quelqu'un, mais d'un chien, et ce chien, c'est Hannah. Elle a du mal à comprendre quelles sont ses intentions, hostiles ou non.

Elle allume la lampe de chevet. La chienne se tient assise à côté du lit, scrutant son visage. Elle la regarde droit dans les yeux, incline la tête, comme le font souvent ses congénères. Fauvel n'ose bouger. Hannah tourne le regard, laisse échapper un glapissement joyeux et se lève. Debout, elle attend Fauvel au coin du lit. Elle jappe à nouveau. Elle montre du museau la porte vitrée.

Fauvel soudain confiante se lève, la suit, ouvre la porte-fenêtre. En coulissant, elle chuinte, comme si elle poussait une plainte, comme si la porte était très très fatiguée.

Dans le jardin, rien ne bouge. Fauvel ne voit plus Hannah. Elle fait quelques pas dans l'herbe encore humide. Ses chaussettes se mouillent. Elle a froid. Du bruit dans le potager. Une forme se meut derrière les grillages. Quelque chose qui fouille, à quatre pattes, dans le sol, un être volumineux, qui sent fort. Est-ce vraiment un animal ?

La créature se lève sur ses pattes arrière. Elle souffle bruyamment. Hélène ?

Peut-être qu'elle cueille des herbes aromatiques pour assaisonner l'omelette. Fauvel a entendu le bruit des tiges coupées, senti, mêlé au pelage à l'odeur capiteuse, l'acidité fraîche des végétaux.

La carrure est massive, les bras lourds. Hélène est bien en chair, mais Fauvel ne se souvient pas que son corps soit aussi puissant, c'est-à-dire musculeux, c'est-à-dire terrifiant.

Tout à coup, la lune sort de derrière les nuages, le visage se révèle à Fauvel. Tous ses cheveux se dressent sur sa tête. Un ours ! Un gigantesque ours, féroce et sauvage, qui grignote les tiges des poireaux, les petits yeux perçants plantés droit dans les siens, le long mufle dangereux, plein de mâchoires et de dents, pointé vers elle. Ça, ça oui, ça fait vraiment peur.

Une peur différente.

Une peur de quelque chose qui dépasse.

Tu pourras pas discuter. La douleur et la mort seront directes.

La mort arrive, hypnotisée par les yeux sans fond de la bête qui ne la lâche pas du regard. Fauvel plonge dans ses orbites par la pensée, elle n'est plus qu'un grain de lumière dans son cerveau.

La mort arrive, elle va l'accepter.

Elle ferme les yeux.

Elle se réveille.

Elle est sur le lit, trempée de sueur sur le front, les tempes collées de cheveux, la transpi entre les seins, dans le dos, les bras gourds.

La chienne Hannah se tient dans l'embrasure de la porte que Fauvel n'a pas pris la peine de fermer. Elle la regarde.

* * *

Ça aurait pu durer longtemps, comme une sorte de rêve dans un rêve dans un rêve infini, mais cette fois-ci, c'est bon. Fauvel est réveillée. Hannah n'est ni plus ni moins qu'elle-même, c'est-à-dire un chien, bien qu'elle ait été clonée à l'autre bout du monde sur une paillasse secrète. Née dans l'obscurité d'une cage laborantine.

Mais comme son esprit se désembrume au sortir du sommeil, Fauvel se souvient un peu mieux de ce que lui a raconté Mado à son sujet. En réalité, elle l'a informée de pas mal de choses, que Fauvel a sottement choisi d'oublier, et qui resurgissent par surprise ce soir, au réveil de la sieste, la chienne sous les yeux, trop proche. Elle se souvient de quelque chose comme :

Lorsque Luc a reçu Hannah, tout s'est bien passé au début. Il s'est extasié sur la ressemblance parfaite, qui d'ailleurs n'est pas systématique, avait précisé Mado. La petite Hannah est un bon chien, tout aussi affable et obéissante que la grande Hannah, celle qui est morte.

Mais en vieillissant, elle commence à devenir de plus en plus agressive. À l'égard des autres chiens, d'abord, ce qui n'est pas inhabituel en soi, mais c'est l'intensité de sa fureur qui est préoccupante. Il devient difficile de la calmer après coup. Elle reste nerveuse et colérique. Même avec Luc elle peut être vicieuse. Puis elle commence à s'attaquer à d'autres animaux, des vaches, des moutons qu'elle poursuit en hurlant dans les prés. L'incident d'aujourd'hui n'est sans doute pas le premier, on l'a déjà tenue en joue au cours de sa courte vie.

Luc pourtant refuse de voir qu'elle a de mauvaises dispositions, même après qu'on a dû lui faire des points de suture suite à une attaque particulièrement déloyale (Fauvel se souvient à présent de bribes de récit : Luc tombé à terre, un pan de chair déchiré). Il adule cette chienne comme si elle était vraiment la même que la première, ce qui est strictement vrai au sens génétique, mais pas au sens identitaire.

Fauvel se demande pourquoi, et comment, elle a oublié cette information. Lorsqu'elle a rêvé de la maison et de son évasion de la ville, la chienne n'était jamais présente, ou juste sous la forme d'une ombre aux marges de sa vie. Elle regarde Hannah. Elle est chienne, oui, elle est, sans doute, sans surprise. Pas vraiment malveillante au fond, mais dénuée de sympathie. Hannah se lève et s'enfonce dans les méandres sombres de la maison.

Quelque part, Hélène appelle, fait tinter une clochette ; le dîner est servi.

Le repas ne se passe pas très bien. Fauvel et Luc haussent le ton en débattant sans trop y croire de la nuisance que représenteraient ou non les chasseurs. Hélène essaye de dévier la conversation en racontant des choses qu'elle a vues sur la route en venant (

une bonne femme qui pissait la porte ouverte dans les toilettes de l'aire d'autoroute, je vous jure, et puis qui en plus se regardait le sexe d'où l'urine jaillissait

), en tentant de servir du vin aux convives, en mettant son importun grain de sel dans la conversation (

Mais toi et Mado vous êtes tout le temps comme ça, à chercher la petite bête, vous êtes jamais contentes. Vous êtes une génération de pisse-froid, je te le dis, vous êtes le retour de l'ordre moral, c'est moche, moche, j'aimerais pas avoir vingt ans ou trente ans ou rien de nos jours, et puis la planète va si mal, non, non, laissez-moi plutôt crever bien tranquille, avec un petit coup dans le nez, tiens

), et se resservant sur ce du rouge, qui remplit son verre dans un modeste bruit de torrent. Dès qu'elle a fini de parler, Luc et Fauvel s'engouffrent dans la brèche, se coupant mutuellement la parole. Luc gagne.

Enfin Fauvel, on ne va pas interdire à ces types-là de chasser juste pour le plaisir du promeneur. C'est des mecs du coin, c'est les traditions d'ici la chasse, déjà ils ont plus grand-chose, la vie d'agriculteur c'est plus possible, l'usine d'eau minérale en a licencié un paquet, si en plus tu leur enlèves la chasse, leur divertissement depuis qu'ils sont tout gamins, il leur reste quoi ?

Fauvel bafouille quelque chose d'inconclusif sur le fait qu'il existe d'autres divertissements en ce vaste monde.

Luc continue en l'interrompant :

Écoute, je crois que tu comprends pas bien le problème. C'est la campagne ici, et la campagne, c'est sale, c'est des bêtes qui meurent, de la boue, des excréments. Et c'est des chasseurs. Et moi je pense que ça doit résister, tout ça. La campagne ne doit pas devenir une extension de la ville toute proprette pour des touristes pleins de bons sentiments. La chasse c'est une de ces traditions qui nous rattachent à ce que c'était, le monde avant, il ne faut pas que cette pratique disparaisse. Parce que si…

Mais Fauvel lui coupe la parole à son tour, et, avec un léger bourdonnement dans les oreilles, elle se lance dans une longue tirade sur le patriarcat et sa culture de la violence, sur tous les animaux qu'on tue chaque jour :

c'est vraiment ça la tradition que tu veux défendre ?

Entre ses mains aux lourdes bagues, Hélène a posé son front au désespoir. Mais Fauvel s'en fout. Elle est lancée, elle continue, elle pourrait continuer des heures.

Moi je refuse de vivre dans ce monde-là

clame-t-elle. Elle est en feu, en transe. Elle a des visions. Elle est en contact direct avec le concept de justice. On est toujours des personnes différentes, mille personnes à la fois. Fauvel a retrouvé son identité courageuse, qui avait été si enfouie si longtemps sous des strates de stress.

Comment ça me fait plaisir

est-elle capable de se dire tout en discourant fougueusement, tout en anticipant déjà le moment où ça s'arrêtera et où elle se sentira imbécile.

Au-dessus de la tête des dîneurs, la vieille Hannah empaillée trône comme une sorte de sage, un être qui voit clair dans les jeux des humains.

* * *

Cette nuit-là, la première qu'elle passe dans la maison de Cournac, Fauvel est à nouveau assaillie par toutes sortes de rêves.

Dans ces rêves, il y a de nombreux personnages, il y a Hannah, la jeune, vigoureuse et violente, et la vieille, l'autre, l'empaillée, raidie aux articulations, semant à tous vents de la paille et des poils, aboyant joyeusement sur Mado, qui est là aussi, fumant une clope célébratoire : elle est heureuse de retrouver ses amies.

(Fauvel se fait à ce propos un aparté mental interrompant le rêve pendant une fraction de nanotemps onirique. Mado doit venir lui rendre visite bientôt, elle a hâte de la retrouver, voilà des mois qu'elles ne se sont pas vues, et le bonheur de la vie éveillée se mêle à celui du rêve.)

Une foule d'anonymes et d'animaux indéterminés se masse de toutes parts ; Hélène et Luc passent en valsant, enroulés dans la vapeur majestueuse et abondante de la cigarette électronique.

Fauvel a dormi pendant une durée qui lui paraît tout à fait sensationnelle. Elle a été habituée, ces derniers mois, à des réveils en sursaut, à des nuits écourtées par des envahissements mentaux. Par la peur qui la tire du sommeil à toute heure, lui présentant dans un grincement le temps qui s'écoule, qui s'est écoulé, perclus de choses vouées au pourrissement, comme Fauvel, comme tout. Ses nuits sont entrecoupées par la mort elle-même qui vient s'asseoir sur le coin de son lit, qui la regarde en tapotant un rythme quelconque mais toujours fatal sur la courtepointe.

Mais pas cette nuit. Elle a parcouru le sommeil d'une traite, comme en glissant, c'est un cadeau extraordinaire.

Et sans doute, extraordinaire, ce long dodo l'a été, car lorsqu'elle se lève enfin, la maison est vide. Hélène et Luc sont partis. Fauvel constate, en faisant sa grande entrée dans la cuisine, qu'il est déjà treize heures douze minutes. Leur avion a décollé en début de matinée, croit-elle savoir. Et l'on connaît bien la ritournelle de l'avion à prendre : un départ extra-tôt, une angoisse perpétuelle, jusqu'à ce que l'on soit assis à la place allouée – si possible près d'un hublot ; une angoisse qui peut d'ailleurs perdurer une fois monté dans l'infernal appareil, et jusqu'à l'atterrissage.

Le premier sentiment de Fauvel n'est pas le bonheur fou de se retrouver enfin seule et libre, mais une sorte d'abattement honteux. Après le dîner, elle n'a pas trouvé le moyen de faire comprendre à

Luc que sa véhémence était toute théorique et pas du tout dirigée contre lui personnellement (même si elle sait que ce n'est pas tout à fait vrai). Elle s'est précipitée pour faire la vaisselle, puis, à défaut, pour charger la machine servant à cet effet, mais il est passé dans la cuisine sans la voir, déclarant en bâillant qu'il doit terminer ses bagages. Fauvel l'aperçoit plus tard aller et venir aux quatre coins de la maison en marmottant de mystérieuses imprécations, à la recherche de tel ou tel ustensile ou vêtement qui lui apparaît indispensable à la lumière du grand départ qui se rapproche. Fauvel est restée là, les bras ballants et quelque peu souillés par les reliefs qu'elle a détachés des assiettes et des plats.

Le lendemain, dans la cuisine, il n'y a plus qu'Hannah qui la regarde d'un air las. Fauvel ne l'a pas vue lorsqu'elle est entrée et pourtant la chienne est là, immobile, vaguement réprobatrice, patiente comme on est patient avec des jeunes enfants stupides, avec une proie dont on sait qu'elle ne nous échappera pas. Fauvel, qui ne demande qu'à bien faire, s'avance vers la porte de la cuisine pour la laisser sortir, mais la chienne la précède en trottant, se dresse nonchalamment sur ses membres arrière, et appuie sur la poignée. La porte s'ouvre. Hannah retombe sur ses pattes, coule un regard vers Fauvel par-dessus son omoplate et sort dans le jardin.

L'air qui entre par la porte entrebâillée est doux, les choses semblent avoir une bonne odeur dehors, une odeur globale de nature humide et tendre, quelque chose d'ancestral et d'intéressant.

Fauvel passe le nez dehors. À l'orée de la forêt, qui émet sa propre odeur particulière et vaguement fongique, Hannah flaire elle aussi le monde, effectuant de drôles de petites danses d'excitation canine.

Fauvel ferme la porte, entame les préparatifs pour le café. En entreprenant ces gestes mécaniques et quotidiens, qu'elle a déjà accomplis si souvent de la même manière, elle comprend avec tristesse que le banal peut se glisser partout, tout de suite, même dans cette chaumière des bois. Mais ça, c'est si l'on décide de faire comme d'habitude, de ne rien changer aux coutumes de sa vie, même aux confins du monde connu.

Alors il faut tout changer. Elle arrête le café. Briser les habitudes. Elle boit de l'eau tiède à la place. C'est ok. Elle tourne en rond un moment, erre de pièce en pièce, examine des bibelots, fouille dans des tiroirs, n'y découvre que des objets sans intérêt mais rangés par catégories du genre sacs plastiques, ficelles, piles électriques, paquets de mouchoirs. À travers toutes les fenêtres, elle voit la chienne, comme si elle avait voulu se débrouiller pour être toujours dans son champ de vision. Elle n'a jamais l'air sympa.

Fauvel allume la télé, sous le regard de verre de la vieille Hannah, posée sur son poste d'observation. La télévision constitue un passe-temps sinon agréable du moins honnête. Fauvel s'intéresse aux publicités, elle zappe à chaque fois qu'une page d'annonces se clôt, elle a l'impression de prendre le pouls du monde. Au bout d'un moment, elle perd tout de même patience. Il lui faut s'arrêter. Elle se résout au pire : promener Hannah.

Au bout de sept minutes de marche, alors que Fauvel commence à se dire que tout va bien et qu'Hannah, qu'elle a lâchée, est en fin de compte un chien charmant, un coup de feu retentit, tout près.

Hannah détale dans une direction incompréhensible. Fauvel crie :

Hannah, Hannah

songeant à l'histoire de Luc qui l'a appelée pareil sur les sentiers. Ça s'est mal terminé alors.

Ça canarde à nouveau, un peu plus loin. C'était pour Hannah, c'est sûr. On entend la meute hurler à la mort.

Fauvel s'enfuit en courant, les mains sur les oreilles, épouvantée, honteuse de sa couardise, honteuse d'avoir laissé Hannah gambader à ses côtés sans laisse, honteuse d'avoir tout saboté en vingt-quatre heures à peine. Elle court sans réfléchir, hébétée. Elle galope vraiment stupidement, mille idées affolées et sans suite tourbillonnent dans son cerveau. Elle pense déjà :

> *Je vais devoir téléphoner à Luc, tout lui raconter, lui confesser ma très grande faute, ma négligence. Il va revenir sur-le-champ, réprobateur et le cœur brisé. Il va me haïr. Je devrai rentrer en ville, reprendre ma vie nulle. Je ne vais jamais m'en sortir, je suis foutue. Et puis je suis ignoble. Je pense à moi alors qu'Hannah est probablement en train de se faire déchiqueter par une horde de teckels avides de vengeance.*

Elle s'est remise à marcher entre les arbres, crie. Aucune idée d'où elle est, elle a couru longtemps au hasard. Au loin, la meute hurle dans la brume, on entend des coups de feu. Elle grogne ; elle ne sait rien, ne connaît pas le pays. Où chercher la chienne, à qui s'adresser, comment ne pas se perdre dans ce brouillard épais qui vient d'apparaître ?

À ses pieds, les feuilles mortes s'ouvrent au sol allongées rouges, comme des pièges à loup béants, tendus pour elle. Alors, sous ses semelles, les dangereux mécanismes attendent que son pas s'égare, les végétaux inertes ont des craquements menaçants. Les éviter du bout du pied, détourner le regard. Les contours de tout lui sont très indistincts. L'autre œil la démange, coule sourdement.

Tenter de perdre la vision dans la brume qui moutonne autour des troncs humides. La forêt est pleine de sons, de gouttes qui s'écrasent sur des mousses variées, le battement d'ailes d'un oiseau sans substance ; et puis le tintement des clochettes, les ululements des corniauds. Fauvel prie sans conviction pour qu'Hannah dans sa course n'ait pas réellement rejoint les autres. Elle dit :

Hannah !

Le brouillard étouffe tout, sa voix est humide et molle dans la forêt froide.

Encore un coup de feu, pas loin. Ils ont le droit de chasser dans cette purée de pois ? On n'y voit pas à deux mètres devant soi.

Marcher vite, loin.

Mettre le plus de distance possible entre elle et les fusils. Impossible de retrouver le chemin, elle s'en est plus éloignée qu'elle ne l'avait imaginé. Le brouillard s'est refermé comme une main, comme un piège. Fauvel, un insecte capturé, avance au hasard.

L'autre œil tremble dans son orbite, gelée malvoyante aux points de lumière.

Le mousqueton de la laisse qu'elle tient encore bat contre sa jambe. C'est super énervant, et en plus c'est glacé.

Elle enroule la lanière. Le cuir et la chaîne s'emmêlent, faiblement odorants. Un œil en moins et tellement de nouvelles odeurs qui se sont ouvertes à elle depuis. Elle plonge la laisse dans sa poche, trébuche, retrouve le sentier, soudain apparu entre deux nappes de nuage qui s'ouvrent comme un rideau.

Toucher le téléphone du bout des doigts, se rassurer de sa lourdeur dans la poche, de sa texture magique de prothèse qui palpite sous les couches de tissu.

Elle marche vite. Il y a d'autres odeurs. Un feu. Ça pèse près du sol, sans bouger, fumée et cendres lourdes.

Les arbres s'arrêtent, la brume s'effiloche. Elle est au sommet d'une colline, on y voit plus clair ici, au-dessus de la couche de nuages. Des pâturages mouillés, des vaches somnolentes et pas frileuses. Un feu finit de brûler dans un pré, derrière des haies étriquées. Impossible de savoir ce que l'on a cherché à détruire : c'est calciné, blanc, puant. Des bottes de paille moisies, peut-être, du bois vermoulu. Peut-être rien du tout. La zone carbonisée dessine une forme bizarre, des spirales et des volutes au sol. La fumée qui s'échappe du tas de braises blanches est blanche elle aussi, contre le ciel incolore qui touche la terre.

Rien ne bouge. La route est goudronnée ici, fendue en son milieu par des herbes folles, encore vigoureuses malgré la saison. Fauvel avance et crie :

Hannah,

plus fort cette fois. Il y a un écho. Elle décide que la maison doit être dans ce sens-là, derrière ces arbres, au pied des collines, le long desquelles se précipitent les paquets de nuages. Se dirige dans cette direction. Tend l'oreille, crie.

Hannah, putain !

Sa colère, feinte ou sincère, est inutile, elle le sait. Si tant est qu'elle soit encore vivante, la chienne se contrefout de ses émotions. Que Fauvel soit déçue ou bien écumante de rage, ça fait une belle jambe à Hannah. Hannah fait ce qu'elle veut, Fauvel n'est qu'une duègne agaçante, incompréhensive de l'énergie qui parcourt l'animale.

Encore un coup de feu, Fauvel n'entend plus les cris de la meute.

Sans savoir pourquoi, il lui semble que c'est elle qu'on a visée. Son visage dans la lumière déclinante pourrait être un museau qui s'avance entre les herbes. Un tireur solitaire qui l'aurait prise pour un animal. Ou bien ce serait une vengeance. Quelque chose qui viendrait d'ailleurs, qui n'aurait plus tellement de lien avec la vraie vie mais avec un destin surnaturel. Elle s'enfonce dans un champ laissé ouvert, enjambant le portail de bois tombé au sol. C'est à l'abandon, envahi de ronces pleines de bruissements, de pépiements colériques.

Toujours fuir. C'est pas une vie.

Des prunelliers nus, violacés, recouverts de grosses baies lumineuses, les épines sont tendues vers elle. Les ronciers doivent être saturés de bêtes féroces. Pourtant elle avance. Hannah pourrait être ici, dissimulée dans la jungle épineuse. Fauvel n'ose plus faire un bruit.

Quelque chose guette et attend, guette et attend. Elle sent qu'on l'observe.

Fauvel elle-même pourchasse Hannah, elle est chasseuse et chassée, mais elle a peur. Elle a peur. Peur. P E U R.

Le mot s'allonge, se détache en fragments dans son cerveau, il n'y a que ça, les lambeaux de la terreur qui inondent sa conscience. La condition de chasseresse ne l'exclut pas, pour chasser il faut craindre quelque chose, tant de choses.

Elle avance toujours sans savoir pourquoi, pour s'éloigner de la présence malveillante qui la tient dans le faisceau de son regard, elle se fraye un chemin à travers les herbes hautes – mortes – entre les trous qu'ont creusés dans la terre les lapins ou les souris. Quelle bête aurait envie de s'abriter dans cette terre humide, presque marécageuse malgré l'altitude ? Mais Fauvel aimerait s'abriter elle aussi, dissimuler son corps qui l'encombre.

Elle s'imagine : gratter la glaise, dégager un terrier, s'enrouler. Les rongeurs sont comme elle, ils ont froid, ils ont peur, ils sont fatigués.

Pourquoi pas le marécage.

Du bruit dans les haies. Éborgnée, tous les sons se décuplent, surtout lorsqu'on est chasseuse et chassée. Sa propre respiration prend du sens. Le corps aux aguets. Le bruit de tempête des voitures qui passent plus bas, sur une route invisible et impossiblement proche pourtant, lui parvient par vagues, et puis la pulsation sourde, qui ne s'arrête jamais, qu'elle a entendue jusque dans son sommeil cette nuit, battant le tempo de la valse dans ses songes : c'est celle de l'usine d'eau minérale dont lui a parlé Luc, l'usine qui licencie et qui pourtant gronde en continu, comme une conscience infinie et malveillante.

Au sol, les pattes coupées d'un chevreuil gisent recourbées, incongrues. Il y a du sang coagulé sur les poils. Fauvel est prise de nausée. Un grand chêne au fond du pré agite des branches encore feuillues du plus vif orange au-dessus d'un océan d'épineux.

Rebrousser chemin, fuir la mort certaine ; fuir. La chienne n'est pas là. Fuir l'hostilité, la solitude amère de la chasseresse. Ce n'est pas pour moi.

Il faudrait peut-être reprendre la petite route en sens inverse, là où elle s'est sûrement trompée, là où elle est partie dans la mauvaise direction. La nuit tombe. Elle est désorientée. Mais il faudrait repasser par ces bois, où elle sait que les hommes armés guettent. C'est impossible. Elle les imagine dans la brume, avançant le fusil épaulé, braqué sur le monde, prêts à faire feu avec facilité sur le moindre signe de turbulence dans la nappe humide.

Elle revoit la tête rougeaude du jeune d'hier briller comme un phare, les bracelets à ses poignets comme des éclairs épais, ses yeux sombres comme des énigmes.

Non, mieux vaut continuer tout droit, elle finira bien par rejoindre la route. D'ailleurs, les lumières qu'elle croit deviner dans le mince vallon qui se déploie à ses pieds, noyé dans un nuage qui s'effiloche sur les collines qui l'encaissent, sont sûrement celles de Cournac.

Elle presse le pas. Avant de s'enfoncer à nouveau dans le flou, elle crie

Hannah

tout de même une dernière fois, pour la forme. Un hurlement de chien, presque de loup, lui répond loin, très loin, et lui fige le sang, dans une réminiscence ancestrale, s'imagine-t-elle.

Ne pas s'attarder, rentrer avant la nuit.

Quand elle arrive enfin, la maison est glacée. Ce n'est pas la sienne. Il n'y a pas le bordel reposant des maisons normales : l'entrelacs de chargeurs d'ordinateur et de téléphones au sol, les piles désordonnées de livres, de prospectus plus ou moins publicitaires, de factures ouvertes ou non. Pas d'élastiques, de boulons ou de pinces à linge qui traînent. Évidemment aucune chaussette douteuse dans les coins, aucun mouton renégat. Tout est d'une netteté de bloc opératoire, rangé, contenu, avec une rigueur inquiète.

Fauvel s'assied sur le canapé (vieux, un peu ringard, mais d'une propreté impeccable). En face d'elle trône Hannah I, empaillée. Autour de la défunte sont méticuleusement disposés comme sur un autel un bouquet de fleurs séchées, des biscuits pour chien, des baballes, des photos, des bougies (présentement éteintes). Elle fixe Fauvel sans rien dire, les babines noires sur rose mastic retroussées jusque dans l'éternité.

Fauvel a donc perdu Hannah, l'autre.

Le premier jour où elle s'est retrouvée seule avec elle. C'était obligé. Fatal et con.

Elle a espéré que la chienne serait là à l'attendre lorsqu'elle rentrerait, mais la maison est vide, bien sûr. Plus particulièrement vide avec sa propreté maniaque, le froid hostile et hygiénique qui y règne. Il fait si froid, ici ! Il faudrait allumer le chauffage, ou l'augmenter. Maîtriser le thermostat dont Luc lui a expliqué le fonctionnement avec une rapidité blasée qu'elle n'a pas osé questionner. Fauvel ouvre le clapet en plastique, tourne les boutons au hasard, parvient à choisir parmi les icônes s'affichant sur l'écran une température de 22 °C. Ça paraît raisonnable. Le thermostat émet un bip agressif et se tait.

Comment récupérer ce foutu chien ? Comment tout peut foirer tout le temps à ce point ?

Il y a des précarités, chez certains, qui font que tout se pète la gueule à chaque fois.

Comme par hasard, Luc lui envoie un message :

Tu es bien installée ? Tout se passe bien ?

Il a attendu dix heures, pour ne pas trop la presser ; ne pas lui faire peur, mais on voit bien qu'il n'en pouvait plus d'attendre. Son message trépigne d'impatience : il veut des nouvelles de la chienne. Fauvel échafaude une communication qui n'en dit pas trop :

Tout roule ici. Il fait un peu froid mais j'ai monté le chauffage, j'espère que c'est ok. Belle balade avec Hannah ajd. J'espère que tout se passe bien pour vous.

Envoyer une photo du chien empaillé, positionné et cadré de telle sorte à faire illusion ? Non. Luc flairerait l'anguille. En rester là. Un seul mensonge, c'est déjà bien assez. Mensonge par omission, peut-être, mais parfaitement volontaire.

Fauvel stresse. Et s'il y avait des caméras dissimulées dans la maison ? Si Luc la surveillait depuis son lieu de villégiature avec son téléphone ? Ça s'est déjà vu. Fauvel a en mémoire des vagues histoires de baby-sitters piégées, de petit personnel espionné et confondu dans ses tricheries et ses déloyautés.

Dans ce cas-là, l'absence d'Hannah et la sournoiserie de Fauvel ne seront que trop évidentes. Elle ressent à nouveau une grande crainte, mais d'une tout autre nature que celle de tout à l'heure. Ô mille arômes de la peur. La sueur qui coule sur les aisselles froides. Son cerveau est noyé par le même genre de brouillard que celui qui s'enroule autour des arbres du jardin. Il n'y a plus qu'une chose à faire : aller se coucher. Pas la peine de manger, pas la force, rien. Sombrer.

Impossible de trouver le sommeil. Pour réussir à s'endormir, Fauvel fait des pompes près du lit. Mauvaise idée, elle est encore plus réveillée que tout à l'heure. Elle sent le sang circuler dans tout son corps très rapidement. Elle reste immobile, allongée sur la couverture froissée. Tous ses membres font des bonds minuscules au rythme des battements de son cœur fou et elle a du mal à respirer.

Ne pas bouger. Il lui semble entendre des bruits dans la maison. Des craquements, des voix, dans le coin le plus extrême de son ouïe, loin. Est-ce qu'Hannah est revenue ? Rien à craindre. Rien à craindre, sûrement. Boum boum boum boum font ses poignets et ses chevilles sur le lit.

Elle a l'impression qu'elle vient à peine de s'assoupir, enfin, emportée par les tambourins de ses artères, quand elle se réveille dans une chaleur infernale, la peau collante, le dos trempé. La transpiration imbibe son tee-shirt, qu'elle arrache avec rage, la couette humide comme une truffe de chien géante se fripe exagérément contre sa peau. Tout est déplaisant, chaud, suintant. Elle entend au loin l'usine qui rythme la nuit.

Puis Fauvel est dans une jungle, le crâne martelé de douleur, des cauchemars la guettent dans des pénombres diverses. Elle se débat dans son lit, elle étouffe, elle se force à se réveiller, impossible, recouverte de morceaux de literie comme des avalanches suffocantes, comme des mains douces et pâteuses qui viennent l'étrangler.

Elle est piégée dans la nuit comme elle est piégée dans le monde : une succession de moments désagréables dont elle est incapable de se désengluer. Toujours prise au piège, traquée, des cascades sans fin qui la prennent à la gorge.

Elle revoit les chasseurs, Hannah s'évadant dans la brume, le monde entier qui disparaît comme autant de spectres ; l'angoisse d'être perdue, la voix atténuée par la masse cotonneuse, perdue, perdue, prête à mourir, à s'éteindre sans laisser de trace, brutalisée.

Tout s'effondre sous ses paupières, elle est enveloppée dans des flaques de sang, des flaques de sueur, elle n'est plus qu'un squelette dénudé entre les draps, plus qu'un grain de sable, plus qu'une feuille morte qui s'effrite entre les doigts.

Le délire se retire par vagues.

Elle retrouve son corps. La possibilité de respirer. Le cœur cogne comme un fou mais elle est vivante. Il faudra baisser le thermostat.

Par la porte-fenêtre, elle voit des reflets pourpres dans le noir du ciel.

Bientôt le jour. L'activité fera reculer le cauchemar. Jamais entièrement, c'est sûr, il restera non loin, derrière des troncs d'arbre, dans les coins sombres d'une pièce ; mais presque assez docile pour qu'on l'oublie.

Fauvel décide de se mettre des doigts dans le cul. Elle s'affaire un moment, sent s'ouvrir à nouveau en elle une noirceur moite et enveloppante qui l'assomme. Elle se rendort d'un sommeil puissant qui lui remonte des entrailles.

* * *

Vers dix heures, Fauvel prend la voiture de Luc pour descendre à Cournac.

Elle a longuement appelé, encore, en direction de la forêt :

Hannah, Hannah,

vers chacun des points cardinaux, faisant le tour de la maison, dehors, puis, parce qu'on ne sait jamais, dedans.

Nulle trace de la chienne, on croirait à peine qu'elle a existé, les reliques dans la maison (gamelle, jouets, panier) pourraient être celles de l'autre Hannah, l'ancienne, la douce (à ce qu'il paraît) Hannah, qui a quitté ce monde mais dont le reflet génétique gambade quelque part sur les monts alentour, rebelle et méchante.

Fauvel a donné un coup de pied dans le frigo qui tremble dans un tintinnabulement de verre entrechoqué : Luc lui a envoyé une photo cette fois-ci, un selfie où il pose avec Hélène. Leurs visages sont difformes, gros mentons, gros nez, bouches lippues plus que de raison et petits yeux stupides, tout cela a pour un instant surpris Fauvel qui se demande ce qui leur est arrivé (une forme inhabituelle de tourista ?) avant de comprendre que c'est la médiocre qualité de la caméra du téléphone, ou peut-être simplement l'angle de la prise de vue qui leur donne ces drôles de têtes. Ils sont devant un monument quelconque, dont les pierres jaunes offrent à leurs visages allongés un arrière-plan certes pittoresque mais indéterminé.

Merde,

a sifflé Fauvel, car c'est la règle qu'à une photo on réponde par une photo. (Ou est-ce vraiment la règle ? Existe-t-il seulement des règles ? Est-ce qu'elle n'est pas en train d'inventer tout ça ?)

En tout cas, ce qui est sûr – ce que veut Luc – c'est voir apparaître sur son écran de téléphone la gueule contente de sa chienne.

Bon, il faut qu'elle retrouve ce chien. Elle bricole des affiches avec une photo d'Hannah I empaillée (de toute façon, ça ne change absolument rien), en se répétant qu'il faut qu'elle note bien chaque endroit où elle les accrochera pour toutes les retirer avant que Luc ne rentre. Il ne doit rien savoir. Elle préfère ne pas songer aux ragots inquiets qui ne manqueront pas d'émerger au village.

Elle imprime l'affiche à cinquante exemplaires, et prend une photo de la pile.

Argh

écrit-elle en envoyant la photo à Mado. C'est risqué mais elle ne peut rester seule avec son secret, elle a besoin de partager ses mésaventures avec quelqu'un.

Pas si seule,

se dit-elle,

pas si seule. T'y arrives pas vraiment, même au plus profond de la solitude tu as besoin des autres et sûrement que c'est bien comme ça, que c'est ok.

Dans la voiture de Luc, elle reste quelques instants stationnaire, le moteur tourne et le chauffage désembue les vitres froides.

Elle a envie de pleurer mais ne le fait pas. Elle démarre, roule les quelques kilomètres dans la campagne désolée. La brume s'est levée *ma non troppo*, il fait presque soleil, cependant le paysage n'est pas mirobolant. Il scintille partout de gouttes qui paressent sur les surfaces naturelles (branchages, sillons, rochers), mais pourtant c'est moche, estime aujourd'hui Fauvel contrairement à l'avant-veille, ça ne pourrait guère être plus déprimant. Un amoncellement de choses humides.

Le bourg n'est pas beaucoup plus réjouissant.

Des volets marron (fermés) et derrière les rares fenêtres visibles, coincées entre les vitres et des rideaux tristes, des orchidées anémiques, soutenues par des échafaudages de bâtonnets verts.

Et puis des vieillardes seules et en chaussons, qui peinent à chaque coin de rue, avec des sacs plastiques qui pendent mystérieusement à leur bras.

Des chiens, mais pas les bons, des roquets échevelés dont Hannah ne ferait qu'une bouchée, trottinent en faisant claquer leurs griffes minuscules sur les trottoirs.

Qu'est-ce que je fous ici demande Fauvel à personne en particulier tout en collant ses affiches avec du Scotch (marron, lui aussi) à des lampadaires soigneusement répertoriés.

Elle voit passer à toute allure des pick-up boueux dans lesquels on peut distinguer des taches orange fluo – celui des casquettes sur la tête des conducteurs, des gilets ornant les sièges passagers. Dans le plateau à l'arrière, de grandes caisses grillagées renferment les meutes. Le cortège traverse à grand bruit la rue principale, les têtes se tournent, les feux arrière disparaissent déjà dans un immense fracas.

J'espère qu'ils vont pas descendre Hannah

murmure Fauvel, assez fort toutefois pour que l'entende une femme à l'âge incertain qui lui décoche un regard d'alarme avant de hâter le pas.

Mado avait insinué qu'Hannah était plus ou moins une célébrité locale. Peut-être que la dame qui trottine déjà au loin la connaît et craint pour ses poules, ses moutons, ses enfants, qui sait ? Ou peut-être que Fauvel avec son autre œil qui palpite comme une malédiction lui a fait peur.

Au café, où elle entre pour commander une quelconque boisson chaude, Fauvel remarque (entre quelques coups d'œil involontaires mais langoureux vers l'écran de télévision accroché dans un angle de la pièce, où un clip très cul, éclairé de lueurs infernales, est diffusé sans le son) un jeune homme assis à une table où s'empilent en désordre, à côté de son ordinateur portable, des papiers et des livres. Grâce au jeu de miroirs sales dont sont ornés tous les murs du bistrot, elle peut voir qu'il la regarde fixement.

Il a capté le coup du miroir, voilà qu'il la regarde dans les yeux par glaces interposées.

Fauvel n'a jamais compris comment ça marchait ce truc-là. Si on la voit voir, ou pas. Si, quand elle a l'impression de regarder autrui dans les yeux, autrui aussi, et tout ce qui s'ensuit. Elle baisse la tête.

Encore un relou ; elle parie que dans deux minutes il va venir lui parler, sous n'importe quel prétexte absurde, poser un coude sur la table puis ses fesses sur la chaise d'en face. La retenir, la faire culpabiliser si elle se montre brusque, la forcer à sourire contre son gré, ne pas la laisser partir en lui faisant des compliments à la fois déplacés et presque vexants, lui poser des questions sur son œil, lui faire comprendre avec orgueil qu'avec la gueule qu'elle a maintenant, elle a de la chance qu'on s'intéresse à elle, etc. En plus, avec sa pile de paperasse, c'est à tous les coups un historien local ou un poète raté qui prendra des airs professoraux en lui tenant la jambe.

Elle les connaît tous, elle les voit venir d'ici.

Hors de question, elle va pas se faire emmerder jusque dans ce trou perdu, sa journée est déjà bien assez désagréable. Cul sec de chocolat amer, rien à foutre si j'ai la moustache.

Se lever et partir.

Elle sent le mec la suivre des yeux quand elle sort et l'entend lui dire au revoir. Quel culot, bon sang. Elle sera donc jamais tranquille ? Qu'on lui foute la paix une bonne fois pour toutes. Retour à grandes enjambées à la voiture, route cahotante et mouillée. Des nuées de moucherons hivernaux, sortis de dieu sait où avec le radoucissement, s'écrasent sur le pare-brise.

Elle croit voir Hannah morte dans un fossé – ce n'est qu'une grande flaque coulée dans l'ombre.

Et puis sursaut, souffle coupé : Hannah l'attend dans l'embrasure de la porte d'entrée qu'elle vient visiblement d'ouvrir. En voyant approcher la femme à l'air triste, elle grogne, menaçante.

Les jambes humaines se dérobent presque sous le coup de l'épouvante.

Sur la gueule noire brille un sang visqueux et sombre. Hannah grogne encore, se pourlèche, le sang a un goût vraiment enivrant, il réveille des cauchemars de violence sous la peau poilue. Elle fait un petit sprint hostile dans la direction de Fauvel, les crocs découverts, puis tourne les talons et s'enfonce les pattes en biais dans l'obscurité de la maison.

Des gouttes de sang tachent les tomettes.

Hannah a marché dans les flaques de son propre sang, ses traces de pas rythmés par sa queue battante, les halètements de sa gueule immense. Fauvel suit les signes, jusque dans le petit salon. Hannah est couchée dans un coin. Blessée ?

Elle grogne, sans discontinuer. Fauvel reste un long moment dans l'embrasure de la porte, sans oser bouger. Ses mains sont enfoncées dans les poches de son pantalon, examinent aveuglément les peluches prises au piège dans les coutures.

Puis après un temps, alors qu'Hannah a cessé de grincher, restant si silencieuse que ça en devient inquiétant, Fauvel s'approche avec circonspection, les mains sorties de ses poches tendues ouvertes pour lui montrer qu'elle est animée de bonnes intentions. La chienne ne fait aucun bruit et Fauvel s'approche davantage, accroupie, humble, une servante pliée en deux sous la férule de sa maîtresse. Ses mains glissent sur sa peau, élastique, chaude, velue. Sous chaque crénelage de muscle ses doigts s'impriment, cherchant la faille, la béance ensanglantée. Hannah ne bouge pas, les yeux écarquillés, indéchiffrable ; comme toujours. Elle ne semble même pas respirer. Fauvel parcourt à la main le corps entier de la chienne, avec tout le soin que l'on prend à toucher une bête fauve. Son pelage d'ailleurs s'irise de tigrures subtiles dans la lumière dorée qui filtre à travers les vitres de verre ancien. Le soleil poursuit sa course, et elles tournent de concert la tête vers les fenêtres aux cadres de bois sombre pour apercevoir le rai de lumière poudreuse percer la pièce obscure.

Fauvel caresse tout son corps, jusqu'à ses pattes aux longues griffes obtuses, le garrot, les flancs intacts. Elle n'est pas blessée, pas une seule égratignure sur son corps de panthère. La chienne s'est remise à respirer fort, et Fauvel se pose un instant la question absurde et dérangeante de son excitation sexuelle. La chienne halète comme une amante qui a envie.

Fauvel secoue la tête. C'est la marque ultime de l'arrogance humaine de transposer le langage des émotions et ses symptômes à d'autres espèces.

Cela dit, les chiens eux-mêmes ne sont pas exempts de ce travers, se dit-elle en se remémorant certaines jambes de pantalon cruellement outragées.

Elle retire sa main. Hannah s'apaise.

Pas de blessure, mais, tout autour de sa gueule, des lambeaux de chair, de poils, du sang qui coule à terre en de grands filets de bave élastiques. Elle a dévoré quelque chose à n'en pas douter, un animal aux poils rêches impossible à identifier.

Elle lèche la main de Fauvel d'un air pensif, avec sa langue qui a participé à sa manière au carnage, sa langue impure et un peu molle ; pose sa tête sur ses pattes croisées, ferme les yeux.

Fauvel, se prêtant docilement au jeu, prend une photo du chien qui dort, sa main posée sur ses omoplates. Hannah a poussé un léger grognement au contact de la peau humaine mais ça ne se voit pas sur la photo. Elle peut enfin l'envoyer à Luc avec une légende quelconque.

Elle hésite ensuite quelques instants avant de l'envoyer à Mado car cette dernière n'a pas encore répondu à son précédent message, mais elle s'exécute néanmoins, obstinément onomatopéique :

Ouf,

écrit-elle.

Puis elle ajoute :

Ça va ? Tu viens toujours ce week-end ?

En effet, Mado a prévu, promis et certifié qu'elle viendrait passer le premier week-end du séjour de Fauvel avec elle, et cette perspective est comme une lumière à l'horizon.

Mado aime assez bien les gens. Elle aime parler avec eux, et elle a le talent rare de pouvoir inventer un état de fête de toutes pièces, en achetant un bouquet de fleurs, en fumant dix cigarettes d'affilée pendant qu'elle écoute un disque vinyle (un snobisme que Fauvel lui passe volontiers), ou en confectionnant des canapés de cocktail dînatoire à partir de rien et juste pour elles deux. Sa visite sera donc un moment d'euphorie, même si elles restent calmement à la maison, cette maison qui abrite ses souvenirs, qu'elle décrira tard le soir lorsqu'elles s'endormiront en chuchotant.

Leur amitié est née un été de vacances partagées par hasard, cette amitié est improbable, longue, solide bien qu'orageuse, se métamorphosant au gré de leurs propres mutations, suivant dans ses formes le chemin de leurs rapports, du déclin ou de la croissance de leurs forces. Fauvel craint parfois que dans une sorte de relation symbiotique d'équivalence, ses propres revers de fortune aient été déterminés par le gain de vigueur et de chance chez Mado, qui est devenue une femme solaire, sûre d'elle et généreuse, là où Fauvel a décru. Fauvel, pourtant, ne l'en aime pas moins.

Mais Mado ne répond pas à ses messages. Elle a sans doute du travail par-dessus la tête, ou une nouvelle aventure de cul, ou les deux. Ses absences, et, ces derniers temps, ses silences, ne veulent rien dire, est bien obligée de se répéter Fauvel, rien à voir avec moi.

Du moins, elle l'espère. Peut-être que Mado ne l'aime plus que parce qu'elle lui fait pitié, peut-être que Fauvel n'est devenue qu'un projet de plus dans sa vie bien remplie, un poids mort attristant qu'elle tente occasionnellement et tant bien que mal de réanimer.

Comme elle n'a rien de mieux à faire, Fauvel reste un temps accroupie près de la chienne et la caresse en pensant à pas grand-chose. Les rogatons de chair accrochés à la gueule d'Hannah exhalent une odeur fade et chaude, et Fauvel, malgré ses longues années de végétarisme, comprend presque l'attrait qu'il peut y avoir à plonger ses crocs dans une viande vivante. Si elle osait, elle chiperait l'un des petits morceaux qui pendouillent vilainement et le goûterait, du bout de la langue, pour voir. Mais elle n'ose pas : c'est quand même dégoûtant. La salive bionique d'Hannah l'inquiète, pas envie de mettre ça dans sa bouche.

Elle pense à la colère qui anime la chienne et la voit comme pouvant être la sienne. Une vie et un corps qu'elle n'a pas choisis.

* * *

Fauvel marche à grandes enjambées dans Cournac. Elle arrache méthodiquement les affiches accrochées quelques heures auparavant. Le village n'a pas beaucoup changé depuis. C'est toujours aussi nul et dans l'air flotte l'idée qu'elle aurait mieux fait de ne pas venir du tout, pas à Cournac, pas chez Luc, rien, elle aurait mieux fait de rester dans son lit dans son appartement.

C'était sans doute bien de quitter la ville et l'omniprésence de la blessure plaquée sur tous les murs mais pas pour venir ici.

Ici ça reflète partout le vide qu'a créé la blessure, qui est un grand trou dans lequel les choses s'engouffrent sans se retourner. Techniquement son œil est toujours dans son orbite mais il lui semble aussi qu'il y a là comme un tunnel ou un puits.

Il faudrait aller ailleurs, n'être plus là ou ne plus être soi et voir des choses qui ne ressemblent à rien, voilà ce que se dit Fauvel qui aimerait partir n'importe où pourvu que ce soit hors du monde et qui réfléchit déjà au splif qu'elle va se rouler en rentrant.

Elle entend derrière elle quelqu'un qui semble l'interpeller. Ce sont des bruits que ferait quelqu'un qui voudrait attirer son attention, voire lui parler, mais ce sont des bruits non verbaux et elle se demande un instant, après avoir sursauté, s'il s'agit d'un animal. Mais non, c'est le petit type du café de ce matin, le poète raté. Il lui sourit et agite la main.

Fauvel se retourne vers l'affiche et arrache le dernier bout de Scotch. Elle l'ignore.

Tu as retrouvé ton chien alors ?

il lui demande.

Fauvel ne se retourne pas, ne répond pas. Qu'il parte !

Non, parce que je me suis demandé si c'était pas le chien cloné, là, il paraît qu'il fait tout le temps des fugues. Mais il devrait pas, vu tous ceux qui en ont après lui.

Comment ça ?

demande Fauvel méfiante.

C'est les fermiers qui veulent sa peau. Enfin, certains d'entre eux. Ils disent que c'est ce chien-là qui tue les bêtes,

reprend le petit bonhomme.

Quelles bêtes ?

interroge Fauvel en se retournant carrément.

Il y a des bêtes tuées ?

Ça l'intéresse, elle ne peut pas prétendre le contraire.

Elle toise le jeune mec. Il n'est pas très grand mais son corps et ses traits sont harmonieux, quoique un peu frustes. Il fait paysan du cru, avec sa grosse tête tondue de près, ses mains disproportionnées qui pendent de chaque côté de son corps. Sentant le regard de Fauvel s'attarder, il les range proprement dans ses poches, l'air de rien.

Oui,
dit-il.
Il y a des bêtes tuées. On les retrouve depuis quelque temps dans les champs. Amochées, et tout. Et puis mortes. Voilà.
Et ils soupçonnent Hannah ? Mais pourquoi ?
Je sais pas,
répond-il.
Comme ça.
C'est idiot, il doit y avoir une raison. Juste parce qu'elle fugue et qu'elle a l'air féroce, quoi.
Eh ben tu vois que tu savais déjà.

Voilà qu'il lui fait le coup de la maïeutique. Elle le retoise, plus fort. D'où ce type extrait de ce patelin paumé lui fait-il la leçon ?
Je m'appelle Michel,
reprend-il.
Ce n'est pas un prénom de ton âge.
C'est pourtant celui qu'on m'a donné. Un oncle, paraît-il. Mort, hommage, etc. Et toi ? Tu es une amie de Mado ?

Euh oui,
bredouille Fauvel.
Je garde le chien,
explique-t-elle inutilement.
J'étais au collège avec Mado,
précise à son tour Michel.
Comment va-t-elle ? On a complètement perdu le contact.

Il a un parler précis et componctueux, néanmoins pas désagréable. Fauvel finit par le trouver presque doux à l'œil. Elle commence à marcher et il la suit avec naturel, il lui sourit de manière tout à fait normale. Il continue à lui parler de Mado, de souvenirs quelconques, puis commence à évoquer sa thèse.
Tu fais une thèse de quoi ?
demande Fauvel qui a arrêté sa thèse en cours de route il y a quelques années et qui ressent toujours une envie complexe mêlée de tristesse et de crainte lorsqu'elle s'adresse à un thésard persévérant.

J'étudie les expériences de rencontre avec les extraterrestres.
Il y a dans sa voix une pointe de fierté, Fauvel qui marche toujours quelques pas devant lui, s'arrêtant de temps en temps devant une affiche, se retourne avec de grands yeux.
Oui,
reprend-il,
dans le coin il y a eu toutes sortes d'expériences, des choses bizarres depuis quelques années, des personnes qui disent avoir été

enlevées dans des vaisseaux spatiaux, enfin des appareils volants, des trucs qui flottent ; qui ont été emmenées, on a fait des expériences sur elles, c'est ce qu'elles racontent toutes après leur retour. Moi j'essaye de voir s'il y a des régularités qui se dégagent de tout ça, si on peut trouver une corrélation avec le genre, la classe, les quotidiens, les situations.

Et alors ?

Pour le moment c'est dur d'avoir des certitudes, je récolte juste les informations. Mais il s'agit plutôt d'hommes, en tout cas les personnes que j'ai interrogées, les personnes par ici. Et c'est plutôt des types qui travaillent ou ont travaillé à l'usine d'eau minérale. En ce moment, j'essaye de trouver là où ça a commencé, qui est le premier qui a lancé la rumeur, qui a façonné les imaginaires de tous les autres.

Parce que tu penses que c'est pas vrai ?

s'exclame Fauvel

C'est qu'une question d'imagination ? Tu penses pas qu'il y ait des extraterrestres parmi nous ?

Fauvel essaye de moduler sa voix pour que Mitch (comme elle l'appelle dès à présent dans sa tête) croie qu'elle pose la question de manière à la fois rhétorique et humoristique mais elle est en réalité cent pour cent sérieuse. Elle ignore s'il est dupe.

Bonne question.

Il rigole.

Tout le monde me la pose. Généralement : tout le monde. Bien sûr que je ne pense pas. Enfin la prémisse de ma recherche c'est que c'est une croyance, ou plutôt une expérience hallucinatoire, déterminée par un certain nombre de facteurs sociaux.

Hm,

répond Fauvel pensive. Personnellement, elle a envie de croire à l'hypothèse de leur existence, mais elle ne dit rien. Elle ne sait pas pourquoi. Ça la regarde.

Tu veux venir à mon prochain entretien ?

demande Michel.

C'est demain, avec un type qui s'appelle Julien, qui était aussi à l'école avec nous. C'est quelqu'un de chelou mais je crois que ça vaut le coup. Ça t'intéresse ? C'est peut-être pas hyper déontologique, mais ça me ferait plaisir d'avoir un regard extérieur, on pourra débriefer. Je suis tout seul depuis des semaines avec ces témoignages, ça devient un peu lourd, j'ai besoin de sang frais.

Contre toute attente, Fauvel accepte.

Tu t'appelles comment ?

demande Michel en rentrant le numéro de Fauvel dans son téléphone.

Fauvel,

répond Fauvel en épelant.

C'est quoi ce prénom, j'ai jamais entendu ça,

demande Michel sur un ton d'une mesquinerie timide, il se venge pour tout à l'heure. Fauvel qui a l'habitude et qui ne s'attendait pas à moins répond d'une voix égale :

C'est moi qui me le suis choisi, j'aimais pas l'autre.

Michel la regarde bien dans les yeux.

Ça te va pas mal,

lui dit-il avant de tourner les talons en lui lançant à demain avec un petit geste de la main.

Fauvel se dépêche d'arracher les affiches restantes ; sur la dernière, quelqu'un a rajouté au stylo bille un pénis roide entre les jambes de la chienne, des gouttes de sperme coulent depuis le gland colossal.

Comme elle n'a rien de mieux à faire, en rentrant Fauvel fume plusieurs pétards d'affilée. Elle a attendu trop longtemps, elle a envie de fumer depuis qu'elle est montée dans le train l'autre jour, et elle s'est retenue sans trop savoir pourquoi. Elle est excitée comme une puce, roule en tremblant, ne dose pas trop mais prend d'énormes bouffées, retient son souffle, les joues gonflées.

Elle fait une sorte de bad, se sent colonisée de l'intérieur par des êtres minuscules qui croissent et se multiplient en elle. Le pullulement l'inquiète, il pourrait être cancéreux, tumoral, il pourrait être une entité nouvelle qui prend le contrôle de Fauvel – ça pourrait être le temps qui passe se dit-elle en rangeant ses cheveux derrière ses oreilles.

Elle sort dans le jardin et tout semble hostile et malodorant. Les arbres font s'agiter leurs houppiers dans un bruit de squelette, d'os qui s'entrechoquent. Les choses pourrissent peu à peu.

Elle rentre et s'assied sur le canapé, le regard ailleurs.

Elle pourrait se faire un sandwich ; commence, abandonne à mi-chemin, laissant le beurre fondre sur le plan de travail.

Elle pense aux extraterrestres, à Hannah qui continue à somnoler pas très loin. Puis Fauvel se sent modestement mieux. Elle vit ce moment drogué à moitié agréable de grande ouverture du réel, elle a l'impression de comprendre des connexions inouïes, et puis de ne rien comprendre du tout mais de se tenir au seuil d'un monde fou, plein de promesses et de nouveautés, peuplé de sons et de couleurs qui s'adressent directement à elle.

Déjà quand elle a appris à vivre sans son autre œil, ou plutôt avec lui, la nature des données qui lui parvenaient avait commencé à changer. Les informations étaient riches mais décomposées, les structures devenaient plus apparentes, les odeurs plus fortes. Elle ne voit plus tellement en relief, mais le monde a une texture et une espèce de brillance qui ne lui apparaissaient pas avant. Elle ne se mesure pas à ce qui l'entoure de la même manière, ce qui est normal, mais les choses elles-mêmes semblent s'être transformées. Ce soir, c'est davantage.

Son cœur palpite alors qu'elle demeure immobile. Elle se réfugie dans le lit, où elle s'endort bercée par la défonce qui se retire petit à petit.

Elle rêve alors qu'on survole la maison : une grande masse de corps pressés se précipite sur le toit, tout autour, en galopant, c'est presque silencieux, presque imperceptible mais elle sait que c'est en train d'arriver. Ça se déroule juste au-dessus de sa tête. Elle sait que ces créatures qui ne sont ni une chose ni une autre cascadent tout autour d'Hannah et d'elle en une sorte de tempête, les observent, silencieuses, par grappes mobiles autour des fenêtres, repartent rapidement. Hannah, lui semble-t-il, se jette parfois dans le jardin et poursuit de petits groupes qui s'enfuient sur de longues jambes tendres. Elle n'aboie pas.

* * *

Fauvel, le lendemain matin, ne fait que siester par intermittence, comateuse. Pour la forme, elle accompagne Hannah jusqu'à mi-chemin des bois. Obéissante la chienne s'accroupit au milieu du sentier où elle dépose un étron conséquent avec cette expression dolente qu'ont souvent les chiens dans ces moments-là, les reins fléchis, la tête pendante, puis elle rejoint Fauvel en trottant comme si de rien n'était. Les couronnes silencieuses et immobiles des arbres montrent la direction du ciel et Fauvel suit docilement des yeux ce qu'elles indiquent : une étendue blanche et neutre, qui s'épanche sur le monde sous la forme d'un très grand brouillard. Il n'y a plus rien de ce que ses visions de la veille avaient laissé supposer.

Elle rentre ranger le beurre ramollo dans la cuisine impeccable, vérifie encore son téléphone. Elle explore la maison silencieuse, pénètre dans la chambre de Luc qui ressemble à une cellule de moine, fouille dans les tiroirs de la salle de bains sans conviction. Aucun médicament intéressant, pas de capotes ou de Viagra, de remèdes mystérieux ou infamants. Des gélules au marronnier d'Inde pour les hémorroïdes, voilà tout ce qu'elle découvre de quelque peu intéressant.

D'ailleurs,

se dit-elle en étudiant la date de péremption à moitié effacée sur le fond de la bouteille,

peut-être que ça aura de la valeur maintenant.

Il faudrait regarder les prix sur Internet.

(Tous les marronniers de la France étaient morts l'été précédent à cause de la sécheresse.)

Elle s'assied sur le canapé et allume la télévision.

Voilà Hannah qui arrive dans le salon, humide de rosée ou de brume. Elle s'ébroue, mais à distance respectueuse ; c'est plutôt la performance consciencieuse d'un ébrouement de chien. Les gouttelettes s'écrasent de part et d'autre de ses flancs. C'est elle qui gère ses entrées et ses sorties, ouvrant et refermant les portes sans un bruit, comme un *poltergeist* très discret, lisse comme la nuit.

Mado n'a toujours pas répondu aux messages de Fauvel, qui aimerait pourtant qu'elle vienne, comme prévu, lui rendre visite aujourd'hui et ensorceler cette journée morne, mais peu à peu la perspective s'éloigne, remplacée par un ennui décisif. Qu'est-ce qu'elle va bien pouvoir faire pendant tout ce temps, pendant tout ce week-end, pendant toutes ces semaines coincée ici ? Et puis de sa vie, après ? Elle se gratte la joue, tâte sans surprise du bout de ses doigts les mini-bourrelets de chair sans cesse humides qui se fripent sous son œil, le mauvais œil.

Elle tourne la tête.

La chienne s'approche de Fauvel. Son pelage très ras a déjà presque complètement séché. Fauvel laisse traîner sa main sur son dos, absorbée par une émission de téléréalité, *Tabor*, dans laquelle des personnes issues de milieux sociaux disparates doivent recréer un nouveau monde sur une montagne reculée. C'est une émission de type "méta", devenue courante ces dernières années. Celle-ci essaye de produire un discours sur la téléréalité elle-même tout en dressant un constat amer sur la société actuelle, *via* la mise en place d'une communauté multiculturelle idéale, on ne sait trop à quelles fins. Même si elle n'avait jamais vu ni même entendu parler de cette émission, Fauvel comprend tout cela en un clin d'œil, reconnaît les ficelles de la production, la musique clubbing ironique devenue un trope incontournable. Un spectre semble planer sur les images.

Coincés ensemble, les participants sont incapables de s'entendre. Elle regarde avec une avidité maladive Henri le militaire et Daniela la danseuse colombienne qui pellettent de concert et en silence des tas de terre afin de former une butte de permaculture.

Parfois un autre habitant du nouveau monde qui n'a pas l'heur de leur plaire passe non loin d'eux, et ils détournent alors la tête, baissent les paupières d'un air dédaigneux ; c'est le seul moment où ils semblent d'accord, et c'est déjà pas mal, se dit Fauvel, que d'avoir un ennemi commun.

Hannah saute sur le canapé et Fauvel se décale pour lui faire un peu de place. La chienne s'allonge de tout son long contre elle. Sa chaleur est électrique, comme un appareil légèrement défectueux dont les faux contacts fileraient des coups de jus presque imperceptibles. Sa gueule est entrouverte, les babines noires, fines mais tubéreuses tremblent sous son souffle, des filets de salive s'agitent dans la brise.

Les yeux de Fauvel se ferment déjà, alors qu'à l'écran Henri est pris d'une quinte de toux intempestive sur fond de reliefs verdoyants.

Fauvel n'est pas totalement tranquille à la perspective de somnoler à côté d'Hannah, à sa merci. Elle a toujours un petit quelque chose d'alarmant, même quand elle semble bien lunée, comme maintenant. Mais le sommeil est le plus fort, et Hannah paraît calme, apaisée par sa promenade à l'extérieur. Fauvel imagine qu'elle a dévoré une proie de plus, qu'elle rentre d'une chasse matinale dans la brume, qu'elle a été une ombre passant dans la forêt pour tuer, que c'est le goût du sang qui l'a calmée.

Est-ce elle la tueuse de bêtes ? Fauvel a l'impression de voir (une apparition transmise par les courants secs que dégage la chienne), presque, pas tout à fait, Hannah au point du jour, coursant des vaches terrifiées dans les prairies, elle l'aperçoit comme en songe les déchiqueter, juste par plaisir. Ou peut-être que le plaisir n'a rien à voir là-dedans et qu'Hannah est une terroriste, la première de son genre. Qu'elle cherche à attaquer ce qui a rendu possible son existence, ce qui a rendu possibles sa haine et sa tristesse chiennes : le mépris envers des animaux emprisonnés, exploités, à demi morts sur leur pattes, inséminés, reproduits, tués, leurs dépouilles jetées aux ordures. Fauvel se serre contre elle.

En s'endormant, Hannah, ou Fauvel, ou les deux, font un rêve de chien.

Nous sommes des chiots, enfermées dans un espace sans qualités. Une multitude d'autres s'ébattent autour de nous, éjectés d'une vulve fatiguée comme du tambour d'une machine à laver. Traversant la marée canine à grands pas, des entités aux longues jambes chopent les petits, et les tuent sous nos yeux à moitié aveugles, de mille manières différentes. Cous tordus, nuques brisées, égorgés, écrasés sous leurs pieds ou entre leurs mains comme des poupées molles. Les tueurs n'ont pas de visage ou d'identité. Ils vont et viennent, silencieux et vraiment méchants, mais leur méchanceté même n'est pas intentionnelle.

Nous faisons enfin partie des chiots sélectionnés. C'est excitant mais terrifiant. La fin est proche. Nous nous faisons pipi dessus. Nous sommes couchées dans le désert, alignées par un froid mordant sous une lune blanche blanche blanche.

Même s'il est vide, le désert grouille d'odeurs et de couleurs.

Certains chiots sont déjà morts sur le sol sec. D'autres formes s'approchent, clairement animales celles-là ; se penchent, dévorent, cadavres morts ou vifs.

Un remugle tiède. Le sang et les viscères déversés sur le sable. Nous avons peur.

Les seules survivantes. Impossible d'échapper aux grosses créatures qui se penchent au-dessus de chaque corps, un par un. Un museau s'approche : haleine fétide, grandes dents qui luisent faiblement sous la lune. Une odeur reconnaissable. C'est un chien, un chien que nous connaissons. La gueule s'ouvre pour dévorer en poussant un cri de brute. C'est Hannah !

Réveil.

Foutus rêves !

Fauvel en a marre d'être assaillie par ces visions nuit et jour, il faudrait que ça cesse. Il faudrait peut-être qu'elle soit en permanence à peine défoncée, qu'elle crée autour de son crâne un brouillard continu, un voile inattaquable qui la protège de tous les fantômes qui se baladent par ici, qui se nourrissent de l'inquiétude qu'elle garde au fond d'elle ; qu'elle redevienne imperméable, bordel, contenue. Que la seule chose qui la préoccupe, à la limite, ce soit son autre œil, sa blessure, ce petit soleil brûlant qui rayonne dans son crâne, qui boit les êtres et les choses, dont la soif est prévisible.

Elle a repoussé le corps tremblant d'Hannah qui se colle à elle, les pattes lourdes sur la poitrine, les griffes qui s'enfoncent dans la peau ; elle s'est levée. La télévision continue son manège à bas volume, maintenant des jeunes femmes surhumaines à la peau lisse et aux yeux écarquillés parlent avec des mimiques extravagantes – c'est encore la publicité.

Fauvel songe à se masturber à nouveau mais renonce, elle manque d'énergie, ne souhaite pas plonger encore dans ses orifices, elle aurait presque envie que ça se passe autrement, ailleurs, ce serait la suite logique du processus qu'elle a déjà enclenché. Elle a commencé par ne plus vraiment coucher avec d'autres personnes, puis à n'utiliser plus que son anus, ou, à la rigueur, sa bouche, seule. Souvent quand elle y va un peu fort elle aime cracher dans sa paume, affouiller dans le creux de ses joues, derrière ses molaires. Elle aimerait que tout le désir qu'elle ressent se concentre dans ses genoux, dans ses chevilles, des articulations sèches et roulantes qui évacuent le superflu.

Est-ce depuis la perte de son œil ? Elle n'est plus très sûre, ça vient sûrement d'ailleurs, de plus loin, d'une détestation de son sexe ou d'une pitié pour lui, d'un désir immense de solitude, peut-être mal placé.

Tu sauras jamais de toute façon,

se dit-elle,

ou alors sur ton lit de mort.

* * *

Au lieu de rendez-vous, à la sortie de Cournac, Michel l'attend avec un mini-sac à dos sur le bord de la route. Fauvel a une boule au ventre d'excitation. Elle se sent dans le monde et heureuse d'y être, peut-être parce que l'air est si froid et piquant. À la maison, elle n'a pas fermé la porte à clé et a laissé à manger pour la chienne, un tas de viande marron (des abats, sans aucun doute, à l'odeur lourde de la panique des derniers instants) qui déborde de la gamelle en inox.

Elle a démarré le cœur léger, l'aventure la guette.

Mich-Mich saute dans la voiture, il lui donne quelques indications préliminaires pour se rendre chez Julien *l'abducté*, puis la guide tout au long du chemin, en parlant sans discontinuer. Ils suivent une petite route chaotique, pleine de nids-de-poule, bordée de ronces vénères, de champs en friche. Des lambeaux de plastique sont accrochés aux branches des arbres et fluent comme des suaires de fantômes ; dans les fossés les canettes de 8.6 ou de Red Bull brillent sourdement à travers la rouille, entre les feuillages.

Fauvel, au volant, a l'impression de pénétrer peu à peu dans un nouveau royaume, le royaume de Julien qui a connu les extraterrestres, qui a connu l'espace et les étoiles et les êtres mystérieux, un royaume sombre et différent ; sale mais noble.

Le monde change sans cesse à ses yeux, prend le goût de ses émotions, se couvre d'une cape sans cesse moirée de neuf.

Michel raconte à toute vitesse des histoires, des souvenirs, des blagues, aboyant de temps à autre avec enthousiasme : *Tout droit ! Prends à gauche !* Fauvel l'écoute distraitement mais elle est heureuse d'être là avec lui, ils se sont glissés dans la vie l'un de l'autre rapidement et sans un pli.

La maison de Julien, c'est encore une autre histoire. Ce n'est pas si loin du bourg, mais d'abord, s'engager dans un sentier encore plus mal entretenu que la route, puis déboucher dans une cour dégueulasse, boueuse, envahie d'enclos posés sur un sol de ciment, où s'entassent des chiens faméliques, plusieurs par cage derrière des barreaux fins de métal vert.

Quand Mitch et Fauvel descendent de voiture, les chiens se mettent à hurler à la mort, tous d'un coup, tous très fort. Ça sent la fumée. Il fait froid ici. Julien apparaît indistinctement sur la galerie. C'est dans une vieille maison qu'il habite, cassée et bancale. Un tronc tortueux de glycine est enroulé autour de la rambarde sur laquelle il tape, en gueulant aux chiens de se taire. Les branchettes grises où s'accrochent encore quelques feuilles jaunies et sèches frémissent à chaque coup avec un petit bruit tendre, comme l'écho contradictoire de sa colère.

Fauvel, assez myope à cause de ce que l'on sait, sursaute en l'apercevant de plus près, tandis qu'elle s'avance : Julien, c'est le jeune chasseur épais et un peu beau de l'autre jour, la peau rougie comme frottée de sel et les yeux assombris par une arcade épaisse ; c'est celui qui lui a fait peur.

Plus loin dans les cours des maisons alentour, les autres chiens se sont mis à hurler eux aussi, et elle se dit qu'elle n'a plus très envie de pénétrer chez lui, de connaître ses expériences cosmiques, elles lui apparaissent forcément brutales et teintées de sang mais elle s'avance quand même ; les cris canins leur font une haie d'honneur, à Mitch et à elle, pendant qu'ils gravissent les escaliers défoncés qui mènent à la galerie. Julien les regarde sans rien dire près de la porte, il n'a pas l'air tout à fait soupçonneux mais Fauvel pense

Il ne nous fait pas confiance celui-là.

Pourtant ce qu'il décrit avec candeur de sa voix épaisse, un roulis dont se dégagent les mots comme des bulles chimiques, là, assis à la table d'une cuisine souillonne, c'est quelque chose d'extraordinaire. Fauvel est assise au bord de sa chaise, Mitch les paupières baissées et très calme se contente d'enregistrer avec son téléphone, de prendre quelques notes de temps en temps en hochant la tête, avec application.

Dans ses paroles se trouve sans doute l'explication de sa méfiance lors de leur arrivée. Il a pensé

Ces guignols vont se moquer de moi, tout le monde se moque de moi et pourtant c'est vrai, tout est vrai,

c'est pourquoi il était triste et sombre alors que Fauvel et Mich-Mich escaladaient les marches cassées jusqu'à lui, c'est pourquoi il est toujours triste et sombre, sanguin : trahi par la vie.

Julien dit des choses comme :

Depuis que je suis petit, ils me parlent, ils viennent me voir, ils viennent voir si je suis prêt : ils me regardaient jouer, ou ils me regardaient dans mon lit, tout le temps, ils me touchaient la peau quand je ne m'y attendais pas, ils se glissaient dans ma chambre pendant que je dormais, ils étaient assis sur moi dans mon lit. J'avais peur mais c'était comme ça, je ne me suis jamais dit que c'était pas normal. Je pensais que ça arrivait à tout le monde ces visiteurs le soir mais qu'il ne fallait surtout pas en parler parce que personne n'en parlait autour de moi non plus. J'avais pas l'impression que c'était inhabituel mais ça me faisait tout de même peur.

Soudain ils étaient là sur ma couverture, sur ma couette sous ma couette, leur peau si space, leurs bouches qui claquaient contre mes oreilles comme des lèvres de grenouille ils m'ouvraient tout entier par le nombril et regardaient

jusqu'au plus profond de mon âme, comme si dans mon torse il y avait tout l'univers des paysages et mes entrailles.
Ils me disaient alors des choses, des choses que je peux pas répéter parce que j'ai peur d'être foudroyé, même quand j'y repense seulement je me dis que ça pourrait m'arriver, ils m'ont prévenu, si je répète leurs secrets je pourrais être anéanti. Les secrets pourrissent en moi depuis tout ce temps, enfin c'est pas des secrets vraiment si importants au fond, non, mais c'est ce qu'ils me racontaient avec leur pensées télépathiques, des choses que je peux pas vous dire.
Parfois c'était carrément des objets qu'ils m'envoyaient dans la tête, je m'explique : des objets comme des paquets de cacahuètes ou la télécommande ou un vieux tas de gravier qui était par terre dans la cour et ça devenait une partie de moi, ces objets rentraient en moi et ne sortaient plus jamais et je devenais plus ou moins ces objets aussi vous voyez ? Je sais pas à quoi ça servait mais je comprenais que c'était des expériences importantes qui voulaient dire que mon corps et mon esprit c'était la même chose et c'était surtout plus que je le pensais, ou moins, parce que je pouvais me partager avec des choses qui n'étaient pas moi.
Cela dit c'était pas agréable et j'aimais pas tellement être un tas de gravier ou bien le bus scolaire ou bien les toilettes. Je m'éparpillais dans l'univers et c'était de leur faute, j'étais moi et pas moi, j'étais à côté.
Ces époques-là quand ils venaient me rendre visite je dormais pas, j'étais pas bien, je restais

devant la télé, devant ma console, le plus longtemps possible, pour que ça retarde leur arrivée et des fois je m'endormais juste par terre à force de fatigue, et puis tout d'un coup je me retrouvais dans mon lit, tout était inondé de lumière, je comprenais rien, ils étaient sur moi, dans ma tête.
Moi j'étais à l'envers, les pieds au chevet.
À l'école j'étais pas bien, j'étais violent. Je tapais beaucoup les petits, j'avais un truc en moi qui me rendait ouf, je sais pas ce que c'était exactement mais j'avais des grosses colères et j'étais souvent puni. J'avais des copains mais c'était plutôt des gars qui avaient peur de moi quoi, je le sais. Enfin toi tu es un ancien Michel, tu dois te souvenir, j'étais pas un tendre.

Mitch acquiesce, conciliant, évasif.

Mais enfin tout ça c'était des petits moments, des trucs que j'oubliais vite. J'y pensais jamais. C'est arrivé quelques fois, y a eu des périodes. Sinon la vie c'était normal. Au bout d'un moment j'ai plus vu les bonshommes, les lumières, tout ça. C'est comme si ça avait disparu. J'étais ado, collège, lycée, j'ai fait les quatre cents coups avec mes potes, voilà, la jeunesse, j'ai fait les études, je suis revenu ici. J'ai eu un poste de responsable de production à l'usine.
Ici il rigole, l'air gêné :
Ah c'était un peu du piston c'est sûr mais bon j'y ai trimé tous les putains d'étés depuis mes

dix-huit ans à l'usine y a pas de raison, franchement j'ai donné et puis j'ai fait les études pour.

Mitch intervient :

Mais si j'ai bien compris, tu n'y es pas resté longtemps ?

Non, pas tellement, enfin j'ai pas fait carrière comme je le prévoyais, quoi. Et ça c'est à cause d'eux, ils sont revenus.

Il tremble longuement en allumant une cigarette, il boit de l'eau avec de grands bruits de déglutition rauques, ses mains épaisses sont croisées sur la table, la cigarette fume par en dessous. Ses cheveux coupés très très court laissent voir son crâne rose, les grains de beauté charnus qui poussent sur son scalp. Il a de petits boutons d'acné sur les mâchoires et à la naissance des cheveux, le front plissé.

Tu veux nous raconter,

demande Michel.

Oui, oui, c'est pas ça. C'est que ça me fout la loose à chaque fois, ça me met dans le mal de penser à comment j'ai tout fait foirer alors que c'était pas de ma faute. La vérité c'est que c'était cent pour cent de leur faute à eux à ces bâtards…

Manipulations obscures et inquiètes de la clope et des cuticules. Les gourmettes brillent sourdement contre le bois de la table, elles font klonk klonk, Fauvel essaye de lire ce qu'il y a écrit dessus mais échoue.

Julien a décidé de finir sa clope avant de parler. Mitch et Fauvel attendent avec impatience qu'il reprenne. Il fait encore durer le suspense, le salaud, en allant remplir son verre d'eau. Il faut qu'il fasse de la place dans l'évier où s'amoncellent toutes sortes de choses, il doit pousser des bols et des casseroles pour caler son verre sous le robinet.

Vous voulez boire quelque chose ?

demande-t-il tout à fait civilement.

Fauvel et Mitch font non de la tête. Julien s'assied et reprend :

Je rentrais tard du travail, c'était la nuit, personne sur les routes. Je roule je roule sans penser à rien, c'est pas très loin, d'ici à l'usine, mais ce soir-là la route me paraissait beaucoup plus longue que d'habitude. Y avait déjà quelque chose de bizarre dans l'air, quoi.

Ça prenait des plombes sans raison et déjà j'avais cinq mille trucs en boucle dans la tête, le boulot, voilà, et puis ma meuf de l'époque qui me pétait les couilles, et puis des vieux machins dont je me souvenais comme ça sans raison, va comprendre que ça m'ait pris ce soir-là justement, des souvenirs pas oufs de l'enfance.

Je roule donc avec une tête pleine comme ça, déjà bien soûlé par la vie, et tout d'un coup je vois la lumière. La même lumière aveuglante que quand j'étais minot. La même. Et je me dis direct y a un truc, y a un truc qui cloche là. Mais je m'arrête pas de rouler, je continue à avancer alors que je vois plus rien, hein, c'était con mais je voulais pas les laisser faire, je voulais pas me laisser faire (je savais que c'était eux), j'étais en mode warrior, vous m'aurez pas, t'sais, et je fonçais comme ça comme un

connard j'aurais pu me planter dans le fossé enfin bref toujours est-il que là je sens qu'il se passe un truc pas net, j'ai plus le contrôle de la bagnole, j'ai plus le contrôle de rien, comme dans un cauchemar je sens que je tourne le volant, que j'appuie sur le frein et tout mais rien, rien se passe et je me dis que je vais planter ma caisse, mais en fait je m'envole, c'est ça qui est ouf c'est que là je m'envolais, j'étais transporté dans les airs, aspiré par la lumière c'est pas un truc de ouf ça ?
C'était physique, je l'ai vécu, je le jure, c'était vrai, ma voiture elle a vraiment décollé dans la nuit, aspirée par la lumière et après, paf, premier black-out, mais tout petit, ça a duré quelques secondes à peine je crois, j'ai perdu connaissance parce que je me chiais dessus en fait, et là je me réveille dedans, dans la lumière. Et je les vois.
Ils étaient exactement comme je m'en souvenais, de quand j'étais petit. Des peaux chelou comme des pieuvres, des grosses têtes des gros yeux posés sur leurs crânes mous, des longs doigts comme beaucoup de tentacules qui fouillent. Ils me regardaient ils savaient tout de moi, ils sentaient jusqu'au plus profond de mon âme ; au début je voyais qu'eux, je voyais même pas où j'étais, trop de lumière et trop d'émotions, mais petit à petit j'ai compris, j'étais dans leur vaisseau et j'entendais leur peau chanter.
Elle chantait faisait des vagues, elle était parcourue de petites crêtes et de couleurs, elle me disait des choses dans ses harmonies. Ses contours c'était des codes.

Des langages secrets.
Là ils ont fait des expériences, ils ont fouillé dans moi encore, ils ont tout bien regardé, tout sorti, mes organes un par un, je les voyais briller dans la lumière comme des pierres précieuses, ils les plongeaient dans un liquide qui flottait là aussi tout autour de nous en gouttelettes et en poches puis ils les remettaient dans mon ventre, dans ma tête. Ma bite et mes couilles, enfin tout le paquet quoi, c'était encore autre chose, bon, si je dois dire les choses franchement j'avais l'impression qu'on me taillait une pipe mais c'était beaucoup plus coulant que ça, je sentais que ma teub s'enfonçait dans des profondeurs infinies, comme si tout passait dans le chas d'aiguille au fond de l'univers, c'était vraiment bon mais ça me faisait flipper aussi ; d'ailleurs globalement c'était comme ça que je me sentais, vraiment bien, en vrai c'était le kif au niveau des sensations mais je paniquais en même temps. Ma bite elle les intéressait vraiment, je sentais qu'il y avait un truc qui retenait leur attention, ils me tripotaient en prenant mille précautions et pour être honnête avec vous, à ce moment-là, je voulais que ça s'arrête jamais, qu'ils y aillent plus fort, que ma bite s'enfonce encore plus loin dans l'infini et que eux m'ouvrent tout entier en deux, en trois, en douze, que je m'explose en mille particules, y avait quelque chose de très cool. De très beau.
Je sentais leur peau qui se hérissait, plein de petites bosses contre moi. Les crêtes qui roulaient tout partout. Je sentais leurs couleurs

me transpercer la peau. Ça a duré longtemps. Et tout d'un coup il y a eu une affreuse douleur dans mon corps entier, et puis l'impression que ma teub explosait et puis je tombais à travers les espaces que ma bite avait déjà explorés mais à une vitesse phénoménale et terrifiante et paf, je me suis retrouvé dans mon lit, paralysé.
Je veux dire que voilà j'étais plus dans la voiture, en fait, plus sur la route, rien, c'était comme si tout ça, ça avait pas existé, et comme je sortais un peu des vapes, j'ai voulu regarder l'heure sur mon portable et en fait on était déjà trois jours plus tard, et c'était le matin. Je me suis dit je rêve, mais en effet non je rêvais pas, j'avais plein d'appels en absence de ma boîte, de ma meuf, j'avais fait une démission généralisée de la vie, j'avais plus été là pour personne, et pour cause j'étais allé faire un petit tour dans l'espace-temps, dans les étoiles. Bref, j'avais loupé trois jours de ma vie ici sur terre et ça posait problème.
En fait c'était surtout l'après qui a été dur. J'arrivais pas à me sortir du lit, j'étais pas bien du tout, des bleus partout, la bite infectée, toute rouge, purulente, je te jure j'avais du pus qui sortait tout le temps, tout doucement et qui tachait mes draps. Je pouvais pas sortir du lit, j'avais pas la force et j'étais vraiment abattu, je me sentais abandonné, comme si les aliens ils avaient pas voulu de moi, je trouvais que j'avais plus grand-chose à faire sur terre, je pensais tout le temps à eux, à ces sensations que j'avais eues avec eux, chez eux, avec leur manière d'exister dans l'univers.

Je suis pas retourné au boulot, ils m'ont dit abandon de poste, ils m'ont menacé, je leur ai dit je m'en bats les couilles. Mes parents m'ont quand même forcé à y retourner, ma mère est arrivée, elle m'a sorti du lit par la peau des fesses, hop, elle m'a lavé, habillé, comme un gros bébé, elle m'a dit que j'avais une sale tronche et je me suis regardé dans le miroir et c'était vrai. Elle m'a forcé à manger alors que ça faisait des jours que j'y arrivais plus. Bon, je suis allé au travail mais j'étais ailleurs, incapable de gérer les trucs comme d'habitude, j'étais dans la lune, je me sentais flotter, j'étais malheureux comme tout, et puis j'arrêtais pas de tomber, c'était trop bizarre, je trébuchais et je tombais tout le temps. Je laissais échapper les trucs que je tenais entre mes mains. J'étais vraiment pas dans mon assiette, quoi. Je me suis fait mettre en arrêt maladie. J'avais raconté l'histoire des aliens à mon supérieur, je sais pas pourquoi, un moment de faiblesse, il m'a dit ouhla va falloir te reposer toi.

Ma meuf ça a été un peu la même, d'abord elle était furieuse que je la calcule plus et puis un soir j'ai fini par tout lui raconter, elle m'a traité de sale fou, elle est partie, je veux dire elle m'a quitté, j'étais tout seul, ici, dans la maison de ma grand-mère qui était morte depuis pas longtemps, et alors j'ai commencé à lui parler, à elle, à ma mamie, sans mentir, je me disais qu'elle au moins elle se moquerait pas de moi.

Bon, ça a pas donné grand-chose. À l'heure d'aujourd'hui elle m'a toujours pas fait signe.

Voilà. Il faisait chaud, c'était l'été, j'étais tout seul à tourner en rond dans la baraque, à me demander s'ils reviendraient pour moi, je me sentais encore plus seul parce que même eux n'étaient plus là, ils avaient pas voulu de moi, personne ne voulait de moi je me disais. Je restais là sur la galerie à regarder la cour où il se passait rien, juste du ciment, la vieille brouette cassée, une chaise de jardin, c'était la canicule et tout était sec et cassant, y avait eu des incendies pas très loin et y avait la fumée qui venait jusque chez moi, je m'en souviens que je regardais la fumée en espérant que les aliens ou les créatures ou ce que tu veux allaient apparaître là, à l'intérieur de la fumée, qu'on m'emporterait enfin, que ça allait se terminer cet enfer de malheur où je parlais juste à ma mamie morte dans ma tête en buvant des bières fortes, en travaillant pas, en aimant personne, en foutant rien de ma vie que d'attendre que ce moment des extraterrestres revienne, qu'ils reviennent et qu'ils m'emmènent dans la joie et le plaisir.

Quand je repensais à ce moment avec eux, et même quand j'y repense maintenant, c'est comme si j'avais dansé pendant des heures et des heures, un grand bal, une très très longue fête où j'aurais dansé pendant des jours et des jours sans m'arrêter comme sous prod mais en ayant rien pris en étant complètement lucide et fou. Et je savais même pas par où commencer pour me casser autant la tête, pour me mettre assez à l'envers, pour retrouver ne serait-ce

qu'un peu de cet état, de ce bonheur de danser immobile.
En même temps je vais pas vous mentir je flippais grave qu'ils reviennent vraiment, qu'ils reviennent vraiment parce que ça voudrait dire la fin de tout, l'extraction totale et définitive t'sais, genre pas de retour en arrière possible, et aussi parce que d'être pris par eux pour toujours je sais pas trop ce que ça implique, si ça va être du plaisir comme la dernière fois, de la terreur comme quand j'étais minot. Donc j'étais dans l'entre-deux, en vrai je le suis toujours, je sais pas ce que je veux en fait, je sais pas ce qu'il faut. Mais à ce moment-là surtout je savais pas encore comment faire pour les faire revenir, pour les attirer à nouveau à moi. Depuis j'ai fait du chemin quand même. J'ai discuté, j'ai lu des trucs sur Internet. Ces gens-là, ces bêtes-là, elles sont pas comme nous, c'est autre chose, ils cherchent à nous contrôler, ils sont en contact avec les puissants d'ici, ça je m'en suis rendu compte plus tard. Donc c'est pas bon, c'est pas bon du tout. Elles nous ont fait du mal, ces bestioles, elles nous ont torturés, tu sais pas trop à quoi ça a servi tout ça, pourquoi on a dû souffrir. C'est des expériences sur les humains qu'elles faisaient, pour comprendre nos systèmes reproductifs en fait, parce qu'ils veulent pouvoir nous contrôler. Déjà qu'on est trop nombreux sur la planète, bon, tu vois. Mais j'ai été choisi quand même et ça, ça change tout.

Julien est de nouveau songeur, son visage s'est rembruni il regarde l'ombre que font ses mains sur la table, par-dessus les cercles d'humidité laissés par son verre d'eau.

Michel le regarde par en dessous, essaye de décrypter son expression pour savoir s'il va se remettre à parler de lui-même. Plusieurs minutes passent. Julien a l'air d'être sur le point de pleurer. En se raclant préalablement la gorge, Michel lui dit, sur un ton hésitant :

Alors tu étais ici, seul, tu avais quitté ton travail. Qu'est-ce qu'il s'est passé ?

Julien bat des paupières. Il se frotte la tête.

Euh...

Ouais, là il s'est passé des trucs, c'est vrai. Deux trucs importants. D'abord y a eu Enzo, qui était dans mon équipe que je gérais à l'époque, qui est venu me trouver et qui m'a dit Juju (on était à la bonne franquette, moi c'est vrai que j'étais leur supérieur mais je suis fils d'ouvriers je pète pas plus haut que mon cul et c'était des mecs où souvent j'étais allé à l'école ou au foot avec eux ou quoi, du coup on se disait tu et c'était Juju, on m'appelait Juju), bon, Enzo il m'a dit : Juju je les ai vus, moi aussi.

Ça m'a fait comme un choc, comme une pierre qu'on aurait lâchée sur ma poitrine.

Je lui avais rien dit directement mais je crois que comme j'en avais parlé au travail quand même, et au médecin, et à mon ex et à ma mère, ça a dû être répété et alors les gens savaient ce qui m'était arrivé.

Il m'a raconté. Lui aussi il les a vus, lui aussi il est monté dans leur vaisseau, les expériences, la teub, tout ça. Il avait tout fait presque comme moi. Pas tout à fait pareil non plus mais vraiment pas loin, et il y avait quelques petites choses que je gardais pour moi, parce qu'elles étaient secrètes et personnelles, même à toi Michel tiens je te les dirai pas.

Mais Enzo il avait des choses très similaires à me raconter, je l'écoutais et ce mec dont j'avais jamais été proche, c'est devenu un ami.

Il m'a emmené à la chasse, lui il en faisait depuis longtemps, moi j'avais essayé quelques fois mais j'avais pas trop aimé, quand j'étais plus jeune, mais Enzo il m'a dit t'as besoin de te sortir un peu, là, ça va plus, et ça a été comme une révélation. Tout ce que j'avais perdu je l'ai retrouvé dans les bois, avec les chiens.

Et puis surtout, y a d'autres mecs qui sont venus me trouver, qui m'ont dit qu'eux aussi, à eux aussi il leur était arrivé la même chose, avant ou après, enfin tu sais toi-même Michel parce qu'il paraît que tu leur as parlé.

Oui, c'est vrai,

répond Michel.

Et alors, ils t'ont raconté la même chose, hein ?

La plupart du temps, ça se ressemble, oui. Il y a des choses très proches.

Voilà, nous on se parlait comme ça entre nous, on en parle toujours, c'est bon de plus être tout seul en ayant l'impression d'être taré. On part à la chasse ensemble. On part des nuits, des jours entiers dans les bois. On est des hommes ensemble.

Mais je sais aussi que je suis spécial pour eux, pour les extraterrestres je veux dire. C'est sûr, ils nous ont tous choisis, nous, ici, les garçons d'ici, mais ils m'ont surtout choisi moi, je sais pas encore pourquoi. Mais ils me l'ont dit, ils m'ont choisi. Ils reviennent me visiter en rêve, parfois ils m'envoient des messages en pleine journée. Ils peuvent pas revenir sur terre pour le moment, il y a quelque chose qui les empêche, je sais que je dois accomplir quelque chose d'important ici pour qu'ils puissent revenir et qu'ils me reprennent enfin. Alors je cherche, je cherche mais je sais pas encore. J'ai ma petite idée, c'est sûr, mais je sais pas encore vraiment.

La conversation a pris fin. Julien est sorti de la pièce en grommelant quelque chose, il revient avec un cubi de vin. Il sert libéralement Michel qui accepte, Fauvel a secoué la tête non. Elle ne se sent pas à l'aise, pas en sécurité, pas envie de perdre ses réflexes au côté de ce mec à gros poings totalement illuminé.

Mais allez quoi,

tente quand même Michel qui la trouve chiante, mais elle répète :

Non, pas envie.

* * *

Les deux hommes sont déjà bourrés, ils se sont rapprochés autour de la table, se remémorent en riant à gros bouillons des souvenirs d'enfance inintéressants. Fauvel comprend très bien la situation : Michel, le bizut pédé, revient, auréolé de la gloire des études, de la grande ville. Il savoure sa revanche sur et auprès de Julien, le mec qui l'a tourmenté pendant toute son adolescence, et que Michel domine à ce moment, enfin. Très légèrement, certes, mais assez pour que ce soit délicieux, parfumant le vin au goût âcre qui lui tache les dents et les lèvres.

Fauvel s'ennuie mais pas énormément. Dehors la nuit est tombée, les chiens se sont tus. Elle s'avance sur la galerie devant la maison, la lumière se reflète dans les yeux de la meute devenue silencieuse, lui donnant l'aspect d'un troupeau sinistre de robots mutants.

Tout dans la nuit a été teinté par le récit de Julien, l'air a un drôle de goût et les grilles des cages, les branches nues des arbres remuent doucement comme des corps. Il y a autre chose, tout près d'ici. Fauvel pense qu'il lui suffirait de tendre la main pour toucher les organismes secrets qui flottent autour d'elle, qui la pénètrent imperceptiblement, copulant sur sa peau ou à la commissure de ses orifices. Ses poumons mêmes lui semblent des coraux étrangers, venus d'on ne sait où, qui auraient envahi sa poitrine. Son mauvais œil est une grotte qui engloutit des monstres marins.

Soudain, son corps entier se met à vibrer, transporté dans la dimension nouvelle qu'a esquissée le chasseur. Ça remonte des jambes jusqu'à la tête, ça tourbillonne dans ses ossements, ça chante un peu aussi, ça –

— c'est juste son téléphone qui vibre dans la poche de son pantalon, c'est un gag classique, elle rigole en décrochant :

Allô Mado ?

La voix rauque de Mado répond :

Ben alors bébé t'es où ? Je poireaute devant chez mon père depuis une demi-heure, tu fais quoi ? T'es avec la chienne ?

Non, je suis chez Julien de ton collège,

répond Fauvel.

Quoi ?! Julien Robinet, ce gros facho ?! Qu'est-ce que tu fous là-bas ? Attends, j'arrive.

Une heure et demie plus tard, Fauvel s'ennuie encore davantage. Les trois ex-collégiens dansent avec une grâce éléphantine sur de la techno dans le salon assombri, autour de leur ronde volent les braises de leurs cigarettes. Ils crient et se tripotent avec une langueur insouciante ; un peu plus tôt Fauvel les a vus gober des trucs. Ils lui ont proposé mais elle n'a pas voulu, pas plus que l'alcool, pas plus que rien, pourtant une sorte de fascination l'empêche de partir, et surtout, elle ne veut pas laisser Michel ou Mado seuls avec ce type. Elle sait qu'elle est parano, qu'elle se fait des films, qu'ils soupireraient exaspérés en écoutant ses craintes. Ils s'amusent juste avec ce connard de Julien, rien de plus, y a rien de plus à voir ou à en penser, tout va bien, c'est une déglingue cool et marrante.

Mais même dans ses gestes extravagants de type défoncé, excité, euphorique, pense Fauvel, il y a quelque chose de menaçant, de potentiellement très effrayant. Quand il lève les bras, elle croit toujours qu'ils vont s'abattre sur le crâne de Michel ou de Mado ; il virevolte avec abandon, tournant sur lui-même comme une toupie, il a la bouche grande ouverte, extatique. Les yeux se révulsent, un peu de bave épaisse comme un lichen au coin des lèvres. Dans son corps, les molécules s'assemblent, se dissolvent, se collent, coursant à travers ses muscles, ses mains, son cerveau. Il est un homme nouveau, un homme de mystère, reconfiguré et secret, où est le siège de soi se demande-t-il, se demandent-ils tous tandis qu'ils se bouleversent sur le carrelage marron du salon, eux-mêmes et pas eux-mêmes, plus jamais comme ils l'ont été, différents encore de ce qu'ils seront, qui sommes-nous se demandent-ils avec de grands regards mais sans le penser totalement toutefois, car ils savent bien qu'ils sont cela : leurs corps, des flambées de plaisir. Probablement il n'y a que cela qui importe, et tant pis pour cette idée d'identité, ils ne sont jamais que ça, un assemblage de données physiques quelconques. Des atomes momentanés rassemblés qui se désagrègent lentement vers autre chose.

Voilà qu'ils sont en train de se rouler des pelles. Fauvel ne comprend plus de qui il s'agit, qui embrasse qui, elle voit juste les masses corporelles s'agiter sexuellement. Elle ressort sur la galerie, l'air froid lui coupe le souffle. Le boum boum qui vient du salon assombri s'atténue tandis qu'elle s'éloigne de la maison.

Engagée sur un chemin qui monte vers des bois distants, avançant à l'aveugle avec une envie furieuse de se perdre et d'être ailleurs, elle entend soudain un feulement sourd qui devient un grognement qui devient un rugissement éclatant – des brindilles qui se brisent, des fourrés qui se froissent – qui devient des cris maintenant suraigus, qui deviennent un brame qu'elle n'a jamais entendu nulle part sur terre, un barrissement d'outre-monde ; ils s'approchent, elle est attaquée !

Sûrement cette créature qu'elle a entrevue en rêve. Ou les extraterrestres.

C'est sûr c'est les extraterrestres se dit-elle, c'est un éclair de lucidité, c'est une lumière dans l'obscurité, une certitude.

C'est ainsi, c'est son destin. C'est logique, Julien l'a désignée elle comme la proie, comme la proie idéale, faible, neutre, stérile.

Elle hésite entre d'un côté courir se mettre à l'abri quelque part n'importe où, et, de l'autre, se laisser happer par ce qui à ce monde est radicalement étranger.

Elle reste interminablement clouée sur place, puis ses jambes décident pour elle.

Fauvel se met à courir vers la maison, elle ne se retourne même pas alors qu'elle entend des pas ô combien terrestres se rapprocher, vite, derrière elle, des pas que les longues griffes font traînants sur le goudron, elle sent qu'on l'attrape, qu'on la ceinture, elle se dégage avec la chance prodigieuse de certains que le destin a pourtant condamnés, court plus vite encore, elle est presque à la maison ; elle ne fait aucun bruit, ne crie pas, court à s'en rompre la poitrine sur ses semelles de caoutchouc, mais sa main est saisie par quelque chose d'humide et de chaud, elle se sent tirée en arrière. C'est une bête, une bête sauvage !

La créature !

Elle tombe.

Elle sent la langue épaisse, les crocs qui se referment sur sa chair.

Elle sent déjà son corps qui devient lambeaux, qui perd tout son sens, ses muscles un à un lui font mal comme s'ils étaient étirés sur des pointes de métal, elle ne sera bientôt plus rien qu'un amas de viande méconnaissable. Elle pense fugitivement à ce que Mitch lui a dit : les bêtes tuées.

Mais la morsure est gentille, peut-être, finalement.

Hannah lui saute dessus, lui fait la fête, lui lèche les paumes, les joues, les yeux avec abandon.

Fauvel se relève et Hannah aussi. Dressée debout sur ses membres postérieurs, elle est aussi grande que Fauvel. Elles se font face, les pattes d'Hannah sur chacune des épaules de Fauvel, elles se regardent dans les yeux, esquissent un pas de danse. Fauvel sent la chaleur qui se dégage comme une aura du corps canin. Un instant de suspension, de compréhension intime.

Il semblerait que miraculeusement la chienne l'aime. C'est certain à présent.

Elle l'aime, elle seule ; la seule non-chienne au monde à avoir trouvé grâce à ses yeux (car ce benêt de Luc, mieux vaut ne pas en parler). Elle est venue la chercher, la protéger et la défendre. Elle a traversé la nuit froide pour la retrouver, guidée par un instinct étrange, sûr, sombre, elle a galopé jusqu'à elle, elle a galopé prise de manque et d'inquiétude. Fauvel s'engouffre dans le tourbillon d'amour, et elle aime Hannah en retour.

À cet instant c'est ce qu'elle a connu de mieux dans la vie, cet amour inattendu de la part d'une chienne cruelle.

Elles repartent vers la maison de Julien. Les autres chiens hurlent à la mort lorsqu'elles franchissent le portail, fières et côte à côte.

Leurs cris résonnent contre les falaises au loin, des chiens fantomatiques leur répondent par écho, ce qui les rend d'autant plus furieux, l'invasion de tous ces chiens ennemis, réels ou fictifs, les menace de toutes parts, et ils se jettent contre les barreaux de leurs cages dans un geste désespéré de colère, ils aboient à en perdre haleine, fous.

Leurs muscles vibrent contre le métal, et leurs crocs brillent sous la lune. Mais Fauvel est accompagnée d'Hannah et il ne peut rien lui arriver. Elle passe près des cages sans même les regarder.

Dans la maison, tout est éteint. Fauvel inquiète a monté les marches jusqu'à la porte d'entrée, s'est penchée vers la fenêtre du salon qui donne sur la galerie.

Derrière le verre elle voit à la lumière des flammes qui brûlent dans la cheminée des corps se mouvoir, elle entend les bruitages sans équivoque. Ça la dégoûte. Le sexe. Mado et sa manie de baiser avec tout le monde, tout le temps. N'importe qui. Pourquoi ce type qu'elle méprise, qui la méprisait sans doute elle aussi lorsque plus jeunes ils se toisaient dans la cour froide du collège ? À quoi ça sert ? Fauvel se sent humiliée pour son amie. Pauvre, pauvre, sale Mado.

Elle redescend les marches. Les chiens en cage se terrent dans un coin, couinant par intermittence, tangiblement, douloureusement, terrifiés. Hannah est immobile, elle les a calmés d'un regard, ou d'un message hormonal quasi télépathique lancé dans leur direction. Fauvel le sent presque encore flotter dans l'air. L'un des chiens, qui a même eu trop peur pour reculer, tremble contre le grillage, qui tressaille faiblement.

Hannah suit Fauvel jusqu'à la voiture, elle saute sur le siège passager et observe attentivement pendant que Fauvel s'installe, démarre, roule. Elles s'enfoncent dans la nuit et Fauvel est heureuse.

* * *

Oui, oui, on s'est chopés, c'était marrant, enfin je sais que c'est un type pas très fréquentable mais qu'est-ce que tu veux, je le trouvais super sexy hier, je l'avais pas recroisé depuis l'adolescence, c'était vachement troublant. Il y avait tous ces souvenirs, ces choses que je ne me rappelais plus, des épisodes sans intérêt hein, mais des moments de l'enfance que je croyais avoir oubliés, alors qu'en fait, non ! Déjà ça, ça m'a plu qu'il m'ait fait m'en souvenir, il m'a ouvert un accès à moi-même, à quelque chose que j'étais plus – tu t'imagines ! C'est rare, en vrai. Et puis surtout, je sais pas, y avait un truc, ses gros bras presque glabres, son arcade sourcilière, écoute, j'en sais rien, mais j'ai eu envie de lui vite, même avant la drogue, dès que je l'ai vu. Il avait tellement changé.

Fauvel opine. Pourquoi pas. Le dégoût qu'elle a ressenti hier soir – elle n'ose pas admettre que c'était de la simple jalousie – s'est estompé. Ne lui reste qu'une vague répugnance qui la traverse quand Mado dit :

Envie de lui.

Mais c'est presque rien et Mado continue à lui raconter la soirée, comment le petit Mitch, après leur avoir roulé quelques pelles de circonstance, purement pour la forme, les a regardés s'embrasser sans rien dire et qu'ensuite il les a observés pas mal de temps aller plus loin, toujours plus loin, qu'il les a pas touchés mais qu'il est resté là silencieusement, le regard intense, les mains invisibles. Ça n'a pas dérangé Mado, elle a trouvé ça excitant ; Julien, lui, semblait inconscient de tout, frénétique et fiévreux. Pas un très bon amant, en fin de compte, mais l'atmosphère générale avait fait que l'expérience n'avait pas été décevante pour autant.

Elle est rentrée au petit matin, pas très fraîche, a dormi pendant des heures tandis que Fauvel vaquait à des occupations fictives, juste de quoi passer le temps pendant que son amie récupérait.

Ces derniers temps, il lui semble toujours attendre.

Mado lui raconte ensuite qu'elle vient en fait de passer une semaine démente, elle est tombée sur l'ex-copine de son ex-copain, à une soirée

(d'ailleurs il faudrait que je te raconte cette fête,

ajoute Mado d'un air transporté,

une fête, mais une fête, c'était incroyable, tout le monde était beau, il y avait une énergie folle, ça a duré trois jours et trois nuits, un roulement continu, j'avais l'impression que ça s'arrêterait jamais)

c'est alors qu'elles ont commencé à coucher ensemble, et Mado se demande si elle est en train de tomber amoureuse. Il lui était déjà arrivé de coucher avec des meufs mais jamais de concevoir des sentiments à leur égard (et pourtant elle tombe amoureuse souvent), elle se demande si c'est ça qu'elle attendait depuis toujours, si c'est ce qu'elle cherchait partout. Béryl. C'est différent, c'est grand, elle le sent, s'emporte-t-elle même, jetant toute prudence aux orties. (Fauvel n'est pas impressionnée, elle a déjà entendu cette rengaine cent fois).

Mado s'allume à la chaîne des blondes achetées en Espagne, elle a la voix rauque, les yeux cernés de gris.

La fille en question, Béryl, est allée participer à une sorte de téléréalité obscure. Mado ne pourra plus la voir qu'à l'écran, elles n'auront même pas le droit d'échanger des textos. Est-ce que Béryl pourra lui faire passer des messages secrets lors de ses apparitions au parloir ? Est-elle seulement intéressée par Mado ? Peut-être qu'elle l'oubliera. Elle va avoir affaire à des choses tellement plus exaltantes maintenant qu'elle est une personnalité publique, s'attriste Mado. Béryl ne fait pas ça pour la gloire ou pour la *fame* hein, précise-t-elle ; c'est parce qu'elle est artiste, cette participation est en fait un fragment de son œuvre, une œuvre vachement puissante, très cynique. Mado a hâte d'en savoir plus, d'en discuter avec Béryl personnellement car elle a déjà écumé Internet et lu les quelques articles la concernant à moult reprises, à la recherche d'indices mineurs mais secrètement capitaux, avec ses yeux en rayons X qui comprennent mieux que quiconque, mieux que l'univers entier, l'aimée nouvelle. Elle a foui au plus profond de ses posts sur les réseaux sociaux comme un animal enragé, croisant les informations, cherchant loin, creusant longtemps. Pourtant elle ne sait rien encore, s'inquiète-t-elle. En saura-t-elle jamais assez ? Oh Béryl.

Tu vas revoir Julien ?

lui demande Fauvel pour changer de sujet, car elle ne veut pas devoir se pencher trop longuement sur sa vie amoureuse désordonnée, et surtout parce qu'elle connaît déjà la réponse à sa question :

Nan,

rit Mado en s'étouffant sur la fumée de sa cigarette.

Pour quoi faire ?

Et comme l'a prévu Fauvel, elle passe à autre chose, par gêne ou par pudeur, par honte peut-être. Ou bien encore parce qu'elle s'en fout.

À sa surprise, Fauvel se rend compte que Mado l'ennuie, elle est toujours en descente de quelque chose quand elles se voient maintenant, préoccupée par des faits, des événements et des personnes qui n'ont jamais rien d'intéressant, conversant de façon prévisible de teufs auxquelles Fauvel n'a pas été conviée, de sexe – encore moins – et de son travail qui en lui-même est épouvantablement barbant. Elle semble se mouvoir dans un univers qui n'a rien à voir avec celui que perçoit et vit Fauvel.

Soudain le visage de Mado s'illumine :

T'as entendu parler des bêtes tuées ?

Fauvel sent tous ses organes migrer momentanément vers son cul. Elle pâlit. Elle a peur parce que Mitch lui en a déjà parlé, que la récurrence signale un vrai fait, un fait que la suite ne démentira pas, qui, s'il est récurrent, aura forcément une importance dans sa vie. Elle a peur et tellement marre d'avoir peur ; la peur est son état par défaut et c'est insupportable.

C'est ça, la différence entre son monde et celui de Mado : tout dans l'existence de Fauvel est structuré par la panique qui affleure en permanence, par l'inquiétude qui sourd dès qu'elle le peut. C'est une force qui n'a rien à voir avec Fauvel elle-même. C'est dehors. Les choses n'existent que comme créditrices ou débitrices de la peur, des blessures ou de la mort possibles. Tout peut lui faire du mal, la faire souffrir, toujours un peu davantage.

Pourquoi Mado ne la ressent-elle pas, cette peur ? Elle a toutes les raisons du monde de l'éprouver. Fauvel sait qu'elle a connu son lot de situations vraiment glauques et de types merdiques (l'euphémisme employé par Mado avec une telle insistance qu'il est devenu impossible de ne pas se résoudre à l'employer aussi). Pourtant, pour une raison inexplicable, elle n'a jamais semblé tirer les mêmes conclusions que Fauvel, celles qui allaient plutôt dans le sens de la crainte dévorante, d'une colère océanique.

Tant mieux pour elle, estime généralement Fauvel, qui pourtant n'est pas si sûre de sa conclusion.

Bien sûr qu'il y a dans sa terreur omniprésente une volupté secrète.

Mais au fond, elle a envie que ça cesse. C'est pas une vie, vraiment pas.

La peur rend stupide, la peur reforme le monde, le referme : tout peut devenir le signifiant d'une menace, et le langage, les indices que laisse partout le destin ne sont plus que les marqueurs sourds de la violence à venir, et rien d'autre ; peu à peu les choses n'ont plus de sens que celui-là, celui du danger.

De la transpiration qui jaillit pour un oui ou pour un non sous les bras, entre les fesses ; qui coule le long de la peau en chair de poule, qui macère dans les poils et qui pue. La peur fait puer, la peur empeste. Elle est infamante, elle empêche bien des choses, qui s'accumulent, s'amassent, finissent par barricader l'existence. On ne sort plus de chez soi, on est une loque qui pleure sous les draps, impossible de regarder quiconque dans les yeux, mieux vaut se rouler un autre pétard, même si le shit augmente l'inquiétude, même si le shit fait puer lui aussi.

À ses yeux craintifs, la ville était peu à peu devenue une forteresse de violences, ou comme un cachot noir dans lequel elle était plongée, dans lequel elle sentait qu'elle serait plongée jusqu'à la fin de sa vie, jusqu'à la fin des temps, pour toujours.

Le cachot, c'est ce qu'elle veut et ce qu'elle ne veut pas. Elle étouffe dans l'obscurité, jouit peut-être de son étouffement.

Mais il lui a semblé qu'ici, à la campagne, dans cette zone dépeuplée elle peut à peu près respirer, (si elle ne pense pas aux chasseurs, ni aux aliens ou aux tueurs), car elle peut penser à : rien.

Ici il n'y a rien, rien que des vies qui l'ignorent non pas pour la briser et la faire se sentir merdique mais pour poursuivre la leur. C'est reposant. Elle peut se reposer, c'est ce qu'il faut qu'elle se dise. Par la pensée elle se donne des petits tapotis sur les épaules pour se féliciter, ce qui par la pensée, toujours, la fait rire. Quelque chose a changé dans les dernières heures de la vie. Quelque chose s'est éclairci, même si elle a passé une mauvaise soirée chez ce débile de Julien. Les espoirs qu'elle fondait sur son séjour dans le désert se réalisent de manière inattendue.

Ce qui a changé est animal. C'est l'amour d'Hannah, se dit-elle. Ou quelque chose du genre. Fauvel sent sa chance tourner.

Mais Mado est déjà en train d'expliquer. Elle dit :

À ce qu'il paraît, toutes les nuits depuis quelque temps il y a quelque chose – ou quelqu'un – qui massacre du bétail dans le coin ; enfin parfois c'est même assez loin d'ici, mais ça reste dans un rayon de, je sais pas, cent kilomètres, quelque chose comme ça. Voilà, et les paysans ils se lèvent et ils découvrent des cadavres de leurs vaches, de leurs moutons, la plupart du temps il y a juste les entrailles par terre, des bouts de sabots, de la laine ou des cornes, du sang par hectolitres. Mais parfois et c'est ça qui est hyper flippant, les vulves ont été découpées, elles sont plus là ou alors c'est tout ce qu'il reste, tu vois. Julien il m'a dit c'est un ours, un ours qu'on a réintroduit dans les montagnes, ou même plusieurs ours, d'ailleurs c'est même pas des ours d'ici à la base, c'est des ours slovaques ou un truc comme ça, tu le savais toi ? Et puis que cet ours pour des raisons qu'on connaît pas serait descendu, descendu jusqu'ici, il a marché comme ça pendant tellement longtemps pour arriver ici, et ici ça lui plaît et du coup il reste, et il bouffe. T'imagines un ours ici ? Ici, c'est ma campagne inoffensive de l'enfance et en fait : quoi ? Y a des bêtes sauvages incontrôlables ? J'ai l'impression que c'est comme ça pour tout maintenant. Tout a tellement changé. En tout cas, tu t'imagines bien, les gens du coin sont furieux, ils veulent le faire abattre, ils veulent organiser des battues, ils veulent venger les bêtes tuées. Faut verser le sang. Tu sais, ça m'a paru tellement con cette idée, que cet animal-là il aurait moins le droit de vivre que les autres, parce qu'il est plus dangereux. Tu vois ? Pourquoi il faudrait l'abattre ? Dans le temps, les bergers perdaient quelques animaux régulièrement, non ? Et puis même leurs gosses. Et c'était très bien comme ça. Et là c'est plus possible, faut tout maîtriser, faut rien laisser au hasard ou à la sauvagerie, ça me fait chier, franchement. Moi, j'espère qu'ils l'auront pas, cet ours. J'espère qu'il va tout massacrer sur son passage, qu'il va tout détruire.

Mado se fait songeuse, elle regarde dans le vide, elle sourit à la pensée de la grande tuerie que prépare la bête sauvage, la vengeance qu'elle va déchaîner sur la campagne.

Fauvel ne dit rien de la première révélation de Michel, celle de la culpabilité imputée à Hannah par les bonnes gens du coin.

Elle n'est pas mécontente non plus à imaginer le carnage. Elle regarde son amie, Mado, qui s'est tant transformée et pas tant, qui a toujours son visage d'adolescente sous la chair qui s'amollit – et puis au fond, se dit Fauvel, pourquoi son visage adolescent serait-il plus important ou meilleur que son visage de femme faite ? Ce sont ses visages, tous ses visages, de celle qu'elle aime même quand elle la trouve exaspérante.

En fin de compte, c'est une matinée où Fauvel se réconcilie vraiment avec la vie.

Elle caresse Hannah sa main court sur son échine, se repose sur ses vertèbres, ses omoplates, ses os physiques de chien magique, presque irréel, un chien façonné dans un laboratoire, un chien venu d'un rêve. Une idée de chien.

Pourtant elle est bien là à grogner amicalement, pas très fort (c'est presque imperceptible) sous les attouchements humains ; son corps est chaud, elle ressent de la haine, de l'amour et des désirs, elle a faim comme une bête, elle a peur et sa vie s'est agrandie bien au-delà du quadrillage dessiné par une fiche technique, par le cahier des charges qui a exigé son existence, par les instruments transparents du laboratoire, les mains gantées de blanc, ou par les préoccupations humaines qui l'ont fait advenir.

C'est ouf, elle a l'air de bien t'aimer, toi, souffle Mado.

Elles sortent se promener toutes les trois. Il fait beau, sec, froid. Hannah gambade comme le premier jour mais toutes les deux, Fauvel et la chienne, sentent qu'un fil invisible les relie, se distend, s'électrifie. Hannah revient sans cesse vers les autres, elle passe près de Fauvel en l'effleurant, se colle même à ses jambes qui avancent pendant quelques instants, elles marchent ensemble, sentent l'énergie et l'amour qui passent de corps en corps.

La promenade est sereine, pas de chasseurs, une lumière douce d'hiver, l'amitié qui reprend son cours, sous la protection du carnassier sauvage qui rôde sans doute non loin, évoqué comme invoqué par la parole, sous les arbres aux écorces lisses. L'amitié, se dit Fauvel, a ceci de spécial qu'elle peut mourir et renaître sans cesse, qu'elle est souple et longue, qu'elle est un filet lâche qui forme abri, maison, dans lequel on peut s'enrouler à loisir, dont on peut s'enfuir quand on veut, qui s'augmente toujours de chambres nouvelles, de nouveaux compartiments.

Dans les bois, Fauvel et Mado se prennent un peu par la main ou par le bras, en fin de compte elles sont très contentes de se retrouver, ont l'impression de reconquérir le temps perdu, d'être dans un monde hors du monde, dans le plaisir de la campagne, dans une éternité calme. Mado est très en forme, peut-être qu'elle est encore un peu défoncée. Elle rit de bonheur, la voix cassée, elle enlace Fauvel, elles retrouvent la fusion des amitiés de jeunesse, l'excitation au creux du ventre. Fauvel se souvient que c'est grâce à Mado qu'elle est là, que c'est Mado soucieuse et pleine d'affection qui a permis son évasion de l'épouvante de la ville, que Mado a compris sa terreur, que Mado ne l'a jamais abandonnée.

Avec une affection, une attention infinies, Mado assise sur une souche sèche roule un gros zder illuminée par le soleil comme une aura.

* * *

La nuit est arrivée, s'étendant doucement mais de tout son long sur la campagne ramollie, la brume elle aussi est descendue (ou montée, ce n'est jamais très clair) pendant que déclinait le jour. Fauvel est seule maintenant. Mado est repartie une heure auparavant peut-être, elle doit travailler le lendemain matin, la route est longue. La journée a été délicieuse, mais avec la nuit, le brouillard et le départ, les choses sont un peu différentes à présent.

L'effet de la fume des heures passées s'éternise dans le cerveau de Fauvel, elle n'est pas vraiment défoncée mais elle flotte légèrement. Elle regarde par les fenêtres. Hannah est sortie courir il y a un moment déjà, et Fauvel ne l'aperçoit pas dans le jardin. Pourtant, elle croit déceler du mouvement un peu plus loin, entre les troncs de la forêt peut-être, mais sûrement que c'est juste un courant d'air dans la brume. Rien de plus, et en admettant qu'il s'agisse d'une créature vivante, c'est certainement un être né ici, dans ce bois, sur cette terre.

Mais Fauvel ne peut réprimer une vague inquiétude au sujet du fauve en liberté – de l'ours, si c'en est un. Pourrait-il arriver malheur à la chienne dehors dans la nuit sauvage ?

Fauvel contemple un instant la possibilité d'un combat dans les ronces dures de l'hiver, les peaux frottées l'une à l'autre, contre le sol, les crocs, l'herbe flasque, les fourrures qui se mêlent à rebrousse-poil, rêches et humidifiées – la pensée passe comme elle est venue ; reste la vague idée qu'il s'agirait en quelque sorte d'un combat métaphysique entre deux bêtes fabuleuses, des animaux qui ne doivent plus rien à la nature mais qui pourtant en retiennent le cœur violent. (Fauvel n'a pas de définition claire de ce que désignent les concepts qu'elle invoque, mais ça sonne pas trop mal dans sa tête.)

Se détournant de la fenêtre, elle va se faire un goûter tardif à base de pain, qu'elle mange en silence, agrémenté de rien du tout, debout au milieu de la cuisine assombrie. Prise d'une inspiration soudaine (elle fait le geste canonique : se frapper le front de la paume), elle glisse sur ses chaussettes jusqu'à sa chambre.

Elle fouille dans son sac qu'elle n'a pas encore pris la peine de défaire, trouve le bloc oblong de silicone d'un turquoise laiteux, le lubrifie avec un gel à l'eau, se tartine un peu le sillon et accroupie sur un fauteuil, enfonce et remue ; songe confusément aux cuisses imaginaires de Julien, aux vergetures qu'elle suppose sur ses hanches et ses fesses, à la course humide d'Hannah dans la forêt, au liquide alien coulant silencieusement ; ouvrant des espaces d'obscurité dans lesquels elle se déplie, le plaisir remonte de son sphincter sibyllin en frissons assez subtils, jusqu'au black-out qui dégringole par ses orbites.

Quelques heures ont passé lorsqu'elle entend un affreux grabuge dans le jardin. Des branches brisées, des souffles, des grattements, des grognements, peut-être même des râles de douleur. On dirait que l'affrontement qu'elle s'est imaginé a lieu à quelques mètres d'elle.

Puis Fauvel se rend compte qu'elle était en train de dormir. Elle est assise dans le fauteuil, sa tête pend inconfortablement sur sa poitrine. De la salive a coulé sur son pull. Le pantalon et la ceinture tintinnabulent autour de ses chevilles.

Il y a un moment de latence entre la veille et le sommeil, un moment où elle essuie pensivement son menton humide, après lequel elle n'entend plus rien. Et c'est comme si elle n'avait jamais rien entendu.

Donc : elle oublie comme on oublie un rêve, un oubli incomplet dans lequel surnagent, à la lisière de la conscience, quelques fragments de souvenirs.

En jetant un œil dehors plus tard – elle s'est brossé les dents, se dirige à nouveau vers la chambre – elle voit que la brume est devenue si épaisse qu'elle s'écrase contre la vitre, comme si on avait approché une machine à fumée de la fenêtre, on ne voit rien dehors, et c'est un aveuglement que Fauvel juge plaisant tandis qu'elle s'achemine vers le lit qui va l'envelopper dans un délicieux sommeil tout aussi doux et total que l'est le nuage qui entoure sa chambre.

Pourtant son repos est interrompu de temps à autre par de nouvelles salves de bruits venues du jardin. Elle ne leur prête pas tellement attention, sans doute un sanglier ou un blaireau qui gratte et qui fouit, occupé de lui-même, de la bouffe, de la survie, ça ne la regarde pas ; elle revoit tout de même son rêve de l'ours – le rêve de sa première nuit ici, le rêve qui aurait pu être prémonitoire mais qui ne l'est pas – elle le tire de l'oubli auquel son statut de rêve aurait dû le consigner depuis le début.

Elle choisit de ne pas croire, de se retirer du jeu des interprétations hasardeuses.

Autant qu'elle puisse en juger au réveil, à travers les vitres doublement embuées de part et d'autre, par sa respiration humide dans la chambre froide (Mado a éteint le chauffage en arrivant, sans raison apparente) et par le brouillard épais qui ne repart pas ; autant qu'elle puisse en juger, le jardin n'a pas été épargné par les désordres nocturnes que ses micro-réveils lui ont fait deviner. Elle aperçoit des traces. Fauvel voit surtout que le potager a été retourné comme par une lutte. La porte qui défendait son accès a été forcée. Les plants de tomates rabougris, les hampes formant tipis auxquels poussaient cet été sans doute les haricots – tous sont brisés au sol, les débris de tiges sèches et de bois gris se mêlent indistinctement dans la boue.

Fauvel passe la tête dehors et sent une vague odeur de brûlé qui flotte.

Elle referme la porte et va se faire du café. Aujourd'hui, finalement, elle s'est décidée en faveur du quotidien ; d'un certain quotidien.

Malgré la tournure inquiétante de la nuit, elle est là dans son corps, dans la cuisine, dans le brouillard, c'est suffisant et voilà tout. Pour l'instant, elle a décidé que ça suffisait, qu'elle ne voulait plus s'occuper du reste.

Et puis elle changera sûrement d'avis plus tard.

* * *

C'est les ordres de la préfecture

répète inlassablement Julien, masqué par la brume et l'obscurité qui retombe déjà. Fauvel vérifie son portable : il est à peine seize heures mais après tout, c'est l'hiver. Elle se fait la réflexion que ce type ne cesse d'apparaître aux moments les plus inconvenants, généralement armé qui plus est. Elle réprime un frisson d'aise à se le remémorer souillé en imagination, cette nuit.

Il est campé les jambes écartées, la crosse de son fusil bat contre les cuisses fantasmées que l'on devine, même à travers le tissu épais du treillis, à la fois musclées et grasses, probablement boutonneuses sous les poils blondins. Il a surgi de l'épaisse muraille de brouillard, comme une apparition, flanqué de deux personnes sans visage, et tous se sont mis en devoir d'installer un poste d'observation là, dans le jardin.

Ça me regarde pas, vous n'êtes pas chez vous ici
(dit Fauvel en désignant d'un geste large Julien ainsi que ses deux compagnons qui se tiennent un peu plus loin dans l'ombre, les bras chargés d'un tas de matériel mystérieux),
je préférerais
(et Fauvel s'étonne de sa propre politesse, de sa capacité à aligner les mots de façon cohérente)
que vous partiez maintenant, revenez si vous avez un papier officiel, quelque chose, j'en sais rien, là c'est pas possible.

Julien considère le sol, prend une grande inspiration et fixe Fauvel droit dans les yeux. Un éclair passe entre eux : une agressivité jusque-là pas tout à fait formulée mais désormais évidente.

Julien la déteste et la méprise, il n'a pas oublié la peur qu'il a sentie s'échapper de son corps comme une vapeur fétide lors de leur première rencontre, ni le dédain que Fauvel a affiché à son égard alors qu'il l'accueillait chez lui ; chez lui, pourtant, où il lui a proposé du vin, de l'eau, des substances psychotropes, où elle a tout refusé.

Elle identifie dans son propre refus un acte magique. Maintenant : ils vont lutter.

Il dit en appuyant orgueilleusement sur le vouvoiement :

Mais enfin vous voyez bien qu'il s'est passé quelque chose ici, on doit juste inspecter, relever les traces, poser des pièges photographiques, il faut qu'on arrive à identifier l'animal, on voit bien que ce n'est pas vous qui perdez des bêtes.

Je ne crois pas non plus que tu perdes des bêtes
Julien
dit Fauvel sans réfléchir. Julien balaye d'un geste de la main. Pas intéressant, pas important. Ses yeux se sont éteints d'irritation.
T'inquiète pas de t'façon, on reviendra,
crache-t-il littéralement. Il tourne les talons et son glaviot brille par terre avec les dernières lueurs du jour.
Ses assistants muets lui ont emboîté le pas, disparaissant sans mot dire entre les arbres de la forêt.

Dans l'arène formée par les bancs de nuages, elle distingue des traces qui sont en fait profondes, la terre retournée est peut-être tachée de sang, comme brûlée. Peut-être que ça n'avait rien à voir avec la bête fauve, peut-être que c'est justement les extraterrestres, encore eux, qui surgissent sans cesse, comme par hasard.

Un instant, elle ressent de la peine pour Julien qu'elle a congédié alors qu'il cherchait peut-être à retrouver les traces de ses propres ravisseurs, sans espoir d'obtenir jamais une autorisation et du matériel officiels pour ce faire, et sautant donc sur l'occasion préfectorale. Mais tout autant, elle se réjouit méchamment de ce qu'il ait dû voir ses espoirs déçus. Elle a été contente de frustrer son désir, de l'entraver dans sa quête.

Parce que quand Julien chasse et tue, quand il piste les aliens, Fauvel perçoit l'ossature, elle perçoit la même logique qui l'a écrasée, qui écrase tous les faibles, quels qu'ils soient.

La logique qui tord la vie et la broie jusqu'à la faire céder.

Elle se sent ours réintroduit, elle se sent eau minérale en bouteille, elle se sent aliène, l'autre, la friche, détruite par le feu du brûlis. Dans la faiblesse artificielle de son corps, les braises de sa colère se ravivent.

Cette colère, faiblarde, bête et obtuse, et qui l'avait fait lutter auparavant et qui l'avait perdue, qui lui avait rendu odieux le monde à force de ne pouvoir y exister, elle palpite à nouveau avec un je ne sais quoi de plus décidé, de plus féroce.

Voilà, son esprit a encore changé de direction, dévié dans sa course. Ça la préoccupe à nouveau ce qu'il se passe sur terre hors de son corps. Elle se dit que l'expérience des choses est animée d'un mouvement de balancier. Peut-être que c'est avec cette idée qu'elle devrait se réconcilier.

Debout au milieu du jardin ravagé, ouverte à toute chose comme si l'entièreté de ses perceptions pouvaient nourrir son sentiment nouveau, elle entend soudain des pas qui craquent sur les brindilles gelées, des pas qui s'avancent vers elle masqués.

Elle n'a plus peur.

D'ailleurs, c'est juste Mich-Mich, qui porte dans ses mains rougies par le froid un sac en papier qui se froisse entre ses doigts.

Je t'ai amené des croissants !

dit-il comme si c'était le petit matin.

Ils rentrent épaule contre épaule dans la maison, où il fait chaud, clair contre la blancheur nocturne du monde extérieur.

Dans le jardin j'ai rien vu, y avait quoi, demande Michel.

Je sais pas, peut-être les extraterrestres, plaisante à moitié Fauvel.

Enfin surtout y avait Julien, il vient de partir, vous vous êtes loupés.

Quel dommage…

T'aurais aimé le revoir, hein ? Tu le kiffes ?

La voix de Fauvel a pris la stridence des excitations adolescentes, elle se figure le désir ardent de Michel qui poursuit l'ingrat Julien par-delà les ans, la nuit, tout, dans les forêts de la vie.

Pas spécialement, je le trouve assez dégueu à vrai dire. Et puis flippant. Mais il m'intéresse, ça c'est sûr. Parce que, attends, tu sais pas sur quoi je suis tombé quand j'étais là-bas et que ta pote et lui étaient trop occupés à se pécho ? Il a une pièce, une toute petite pièce sombre et sale.

Fauvel rigole :

Ses toilettes tu veux dire ?

Elle rit hystériquement à sa bonne blague, s'essuie les yeux.

Ça m'étonne pas qu'il les lave jamais. Ça a tellement l'air d'être un de ces types qui sait pas se débrouiller sans une meuf qui lui sert de personnel de maison gratos.

Nan, t'es con, pas les chiottes. Nan.

Mitch ménage son effet. Il ouvre de grands yeux, secoue la tête, l'air ébahi et secret :

Non, c'était une pièce cachée, elle était cachée, pour de vrai, derrière une sorte de tenture, un

genre de tapis moisi accroché au mur, je sais pas comment je l'ai repérée, parfois j'ai un flair de ouf, c'est à force de faire des enquêtes je crois.
Donc j'ai écarté la tapisserie, et là il y a une porte, je tourne la poignée, une vieille poignée en porcelaine et en laiton, qui fait un bruit horrible, on dirait un fantôme qui soupire, je me suis dit ah là là c'est mauvais ce que je fais, c'est maudit ; mais j'ai poussé la porte et je suis entré.
Je me suis éclairé avec la lampe de mon portable, ça me rassurait d'être là dans l'antre de la bête avec mon portable, je me disais que c'était une mesure de protection, je me sentais mieux avec mon téléphone dans ma main, son bon poids, sa familiarité, le fait qu'il me connecte avec tout le reste du monde, avec des endroits où il ne faisait pas nuit, où c'était pas encore l'hiver, où il y avait des gens qui faisaient des trucs chouettes comme manger des glaces ou genre regarder des films d'art et d'essai. Enfin tu vois, des activités calmes.
Parce que là il y avait un truc vraiment crado et glauque, de savoir que déjà ta pote elle niquait avec ce mec totalement cinglé et violent, avec tous ces chiens en prison dans leurs cages juste à côté, là, et puis en plus toi tu étais partie je sais pas où, t'avais disparu, je me suis demandé si t'avais pas été enlevée par les aliens tu vois, genre une seconde, mais surtout je m'attendais pas à ce que j'allais trouver dans cette pièce.
Bon ben raconte,
s'impatiente Fauvel.

Alors déjà, par terre, y avait du sang. Vraiment pas mal de sang, une vraie petite flaque. Il était là depuis un bout de temps à mon avis. Il était devenu gluant et épais, on aurait presque dit du faux. Très sombre, presque noir. Il me collait aux semelles comme un vieux chewing-gum. Ça puait de ouf. L'odeur d'une boucherie en quinze fois pire. Il y avait des sacs remplis de je sais pas quoi dans les coins, des choses molles et humides. Et surtout aux murs il y avait ça, ces trucs, un arsenal.
Ses armes à feu, quoi ?
Non, pire que ça. Il y avait ses fusils évidemment et il y en avait un paquet, et d'autres armes encore, des matraques, des nunchakus, des grenades. Tout un bordel. Tu vois style loup solitaire mascu-faf qui va faire des tueries. Mais surtout moi je te parle de ce qu'il y avait sur les murs, accroché à des clous plantés dans le plâtre tout bouffé par le salpêtre : c'était d'autres armes, vraiment chelou.

Mitch finit d'effriter le shit qu'il a ramené. Il est un peu tôt et Fauvel est encore sous le coup de la fume intense de la veille, un peu vaseuse mais sûre de vouloir fumer à nouveau. C'est un délice qu'elle ne se refuse pas. Le shit est afghan : il est épais et mou, il se délite en petits serpentins à l'aspect assez désagréable mais ravissants sous les doigts, on n'a qu'à peine besoin de la flamme du briquet. Mitch d'ailleurs le fait uniquement pour la forme, pour la fumée enivrante qui s'échappe de la pâte quand on la réchauffe.

Le bédo allumé aux lèvres, il poursuit :

Des armes artisanales, très flippantes. Des bâtons tout noueux avec des clous ou des lames de rasoir plantés dedans, comme des griffes, des gueules pleines de crocs, des bouts de chair et de poils accrochés, des chiffons sanglants, des massues avec des grosses pierres. Ambiance cauchemar ou film d'horreur quoi.

Fauvel les yeux écarquillés s'étouffe sur la fumée :

Putain mais c'est un ouf ce mec. Tu crois qu'il pourrait nous faire du mal ? Je suis sûre qu'il me déteste. Putain mais je savais qu'il avait des armes à feu et tout mais là c'est encore pire, ça fait vraiment psychopathe.

Mich-Mich et Fauvel restent silencieux un moment, fument. Sans y prêter attention, ils recommencent à parler de Julien, Juju l'effrayant, le terrorisant, l'érotique chasseur nocturne.

Ils parlent en riant comme des fous de son cou épais, de ses joues boutonneuses, rouges, fermes, de ses gigantesques mains. À quel point tout cela les dégoûte, à quel point tout cela est répugnant, sale, irrésistiblement attirant ; comme ses gourmettes massives qui brillent à ses poignets, glissent sur ses bras, vont et viennent comme des animaux, comme des gestes d'amour ou de cul sur sa peau de tortionnaire, comme ses yeux enfoncés et sexy, comme sa voix qui nasille et vibre sombrement, comme sa démarche assurée et méchante dans ses treillis de chasse, quand il s'avance entre les buissons caressant ses énormes cuisseaux.

Tu les as regardés sexer il paraît ?
demande l'air de rien Fauvel.
Oui
répond-il après un temps.

Il écrase son pétard et explique à voix basse mais tremblante, et la fumée qui s'échappe du cul de joint monte en deux colonnes torses qui serpentent de part et d'autre de ses narines dilatées par l'effroi :

C'est que j'avais peur, peur qu'il arrive malheur à Madeleine. Fallait pas qu'il lui fasse je sais pas quoi, je me disais que ma présence l'empêcherait de mal agir. Enfin je te dis pas que j'ai pas regardé un peu par curiosité, mais c'était presque pas agréable, j'avais plus les chocottes qu'autre chose. Et puis j'ai quand même fini par m'éloigner.

Il reprend après une pause trop longue pour être tout à fait maîtrisée, un sourire fripon sur ses lèvres ironiques :

Enfin au début aussi j'étais surtout vraiment défoncé, j'étais obsédé par l'idée de les regarder, je te le cache pas. Pas forcément ambiance cul, enfin pas seulement, j'avais juste le sentiment que c'était très nécessaire. Mais c'est sûr que j'aurais pas dit non si Julien m'avait demandé de le sucer, quoi. C'est le genre d'hétéro étroit d'esprit qui accepterait jamais de faire plus, d'aller plus loin avec un mec, même prodé à mort.

L'histoire des armes est déjà oubliée, ou presque, elle n'est devenue qu'un élément de plus dans le personnage mythique qu'est désormais Julien. Tous deux ne pensent plus qu'à une chose, son phallus fantomatique qui erre de bouche en cul, écumant les orifices de lui-même, déterminé et silencieux, orné peut-être lui aussi de clous, de plumes ou de chiffons, traînant comme une goule au suaire taché.

Fauvel ricane :
Fucking *hétéros.*

Elle se penche sur Mitch, se rapproche, connivente. Frotte son épaule à la sienne.
Sexy hétéros,
ajoute-t-elle.

Michel est surpris mais pas excessivement. Il répond par une pression de son épaule, il sourit, modeste. Ils ne disent rien. Mitch s'affaire sur un nouveau pétard. Leurs membres sont engourdis et pèsent trois tonnes, Fauvel est tellement fatiguée alors qu'elle a l'impression qu'elle vient à peine de se réveiller. Peut-être qu'elle n'aurait pas dû fumer.

Elle ne comprend pas pourquoi elle a micro-dragué Mitch, elle ne le trouve pas spécialement attirant, mais tout d'un coup quelque chose dans sa manière de parler lui a plu. Elle a ressenti le frisson passager du désir, juste un instant. Elle oublie.

Au fait,
ajoute Mitch en s'éclaircissant la voix,
je t'ai pas tout raconté.
Après que j'ai un peu exploré la maison, je suis retourné dans le salon, Julien et Mado dormaient, nus, enlacés, etc., bon je me suis dit ok, c'est fini, je n'avais plus l'impression que ça puisse mal tourner et donc je pouvais partir. C'est ce que j'ai fait. Beaucoup de temps avait passé sans que je m'en rende compte. Il était déjà tard, je veux dire le jour était presque en train de se lever, il devait être sept ou huit heures du matin, quelque chose comme ça.
À ce moment-là, j'avais plus de batterie, il y avait d'horloge nulle part, et vu que j'ai pas de montre, je pouvais pas savoir. J'aimais bien pas du tout savoir l'heure qu'il était. J'aimais bien que le temps se soit écoulé sans moi, comme un torrent, et d'en être un peu perdu, sans repère à part le ciel : je pouvais voir que c'était le moment juste avant le lever du soleil quand les choses prennent cette qualité à la fois grise et presque nacrée, comme une perle un peu terne, pleine de sable ou quelque chose comme ça.
Quel lyrisme,
s'écrie Fauvel, ce à quoi Mitch rit sans bruit, puis reprend :
Voilà, je commence à m'avancer entre les haies, dans les champs. Quand j'étais petit, ça m'arrivait de venir jouer par là et il y avait un raccourci dont je me souvenais, que j'avais pas pris depuis des années. Je me suis engagé dans le chemin, j'ai avancé. Des souvenirs me

sont revenus, des sensations oubliées, des idées et des conceptions que j'avais alors, enfant, auxquelles je n'avais plus pensé depuis mais qui m'attendaient là dans les fourrés. J'ai entendu :
Comme des murmures, comme quelqu'un qui aurait joué d'un instrument très doux, très légèrement, un peu plus loin. C'était presque imperceptible. Ça venait de je sais pas où. J'ai levé la tête. J'ai regardé vers les arbres, j'ai regardé derrière moi. Le chemin était vide. J'ai regardé vers le ciel et là je te jure j'ai vu des sphères colorées, comme des gigantesques bulles de savon, qui flottaient dans le ciel, qui émettaient des sons, des vibrations, quelque chose que je ne saurais pas tout à fait décrire, qui me touchait là dans le plexus

[il se tapote la poitrine],

ça se transmettait à tout le reste de mon corps. Les bulles me bondissaient dans tous les membres dans le ventre dans le sexe et puis elles flottaient juste au-dessus de la cime des arbres à la limite de ma peau avec des couleurs incroyables, des mélanges vraiment absurdes et très logiques sur leurs surfaces transparentes. Les nuages étaient visibles à travers ça avec une nouvelle profondeur. Je me sentais super bien. Le monde se divisait en particules de lumière savonneuse, j'étais dans la division et dans l'ensemble. Je pouvais enfin respirer, la lumière nouvelle me donnait des forces. Chacun de mes pas était une équation qui me fragmentait en gougouttes de liquide vital, j'étais de la salive, du sang, du sperme, de

la mouille, j'étais de la sève une fontaine d'eau fraîche une cascade à moi tout seul.
Je continuais à marcher sans réfléchir, à sentir tout de manière exacte, de manière totalement nouvelle et à un moment j'ai trébuché : en fait les autres trucs du monde avaient pas cessé d'exister et je me suis rattrapé de justesse sur des rochers, je ne suis pas tombé mais quand j'ai relevé la tête il y avait plus rien, juste des oiseaux qui se sont tous envolés en même temps d'un arbre en piaillant et en faisant du bruit avec leurs ailes. Et alors j'ai continué et je suis rentré chez moi.

Fauvel est sous le charme mais le charme se brise :

Tu étais encore défoncé, en fait ?

Michel la regarde dans les yeux et lui répond

Oui et alors ? En vrai je ressens de plus en plus souvent des trucs chelou comme ça, juste au-delà de ma conscience. Je me demande si avec toutes ces conneries d'enquête je vais pas finir par y croire moi aussi.

Mais non, c'est juste Julien qui t'a ensorcelé.

* * *

Ils sont là depuis longtemps, c'est sûr, mais ni Fauvel ni Mitch ne les ont entendus arriver ni s'installer. Ils se sont assoupis peut-être, ou ils étaient trop occupés par leur conversation qui a duré jusque tard dans la nuit. Mitch est sorti pisser dans le jardin (ce que Fauvel a trouvé dégoûtant et inutile, mais elle n'a pas osé protester et s'est contentée de regarder en direction des toilettes d'un air dolent), et en s'avançant dans la brume il a soudain poussé un cri de stupeur.

Qu'est-ce qu'il y a qu'est-ce qui se passe

a hurlé Fauvel en glissant sur le carrelage avec ses chaussettes élimées.

Mitch se tient dans le jardin, tout dans son corps indique l'attitude du mec pas rassuré. Ses épaules sont haussées, raides, jusque sous ses oreilles, son dos est arrondi, on croirait un chat hérissé. Fauvel s'approche.

Il y a des lumières au fond du jardin,
siffle-t-il.

En effet, ce qui ressemble à des diodes vertes ou rouges luit faiblement à travers la brume épaisse qui ne s'est toujours pas dissipée. Fauvel et Mitch se pressent l'un contre l'autre comme des vieilles dames apeurées, se tiennent par les poignets, les épaules tremblent face à face.

Est-ce que c'est des yeux,
murmure Mitch, devenu irrationnel. Il pense très sérieusement à toutes sortes de choses qui vont de visiteurs cosmiques à la lycanthropie et son immobilité bornée en devient inexplicable, serré là contre Fauvel aux idées moins fantaisistes mais non moins inquiétantes.

Des chiens de chasse, munis de leur stupide boîtier de surveillance, toujours traçables, repérables, robotiques dans la nuit, tapis pour égorger Hannah, envoyés là par un ennemi demeuré invisible dans l'ombre... Hannah, dont l'existence artificielle dégoûte et effraie, Hannah chien revenant dont l'existence même révolte les chiens, peut-être venus de leur propre chef, sûrement venus de leur propre chef se venger de cette abomination. Ou guidés, guidés par des jaloux, des ennemis, tout est possible, tout est terrifiant et possible.

Elle répond à Mitch que non, ce ne sont pas des yeux, puis ajoute plus fort, à tout hasard :

C'est qui ? Qui est là ? Qu'est-ce que vous faites là ?

Des bruissements se font entendre et deux formes se détachent dans la brume, humaines, trapues, sombres.

On est les chasseurs,

disent-elles en s'avançant à pas feutrés.

Ils s'approchent précautionneusement, tandis qu'ils sortent peu à peu du flou du brouillard, Fauvel voit leurs armes diverses en des points stratégiques (ceinture, cuisse, épaule) réfléchir la lumière de la maison. Leurs pas sont trop mesurés pour être honnêtes. Ils sont à l'affût. Ils disent :

Les lieutenants de louveterie.

Ils sont assez proches et montrent leur insigne, une tête de loup au centre d'un cercle formé par une ceinture, Fauvel songe aux ceinturons que l'on défait pour pisser, trousser, battre, faire gicler les fluides de par le monde.

Ce sont les deux compagnons silencieux de Julien – qui, quant à lui, a disparu. Ils ont l'air plus assuré à présent, droits et fiers dans leur attirail technique. Ils n'ont pas froid. C'est l'œil de quelque caméra qui luit et clignote dans l'ombre.

Mais je vous ai déjà dit que vous pouviez pas venir. C'est une propriété privée, vous n'avez rien à faire là.

Écoutez madame, ce sont les ordres de la préfecture, nous avons été mandatés pour intercepter l'animal et d'ailleurs nous nous sommes postés dans la forêt qui est communale

lui explique une voix de femme aux accents impatients.

On va poser des pièges photographiques par la suite mais on reste en observation cette nuit, souvent il revient deux nuits de suite au même endroit, c'est le jeune M. Robinet qui le piste depuis des semaines qui nous l'a appris. C'est lui qui a retrouvé sa trace, qui nous a menés jusqu'ici, car s'il avait fallu compter sur vous pour nous avertir, on serait encore à attendre à côté du téléphone. Enfin vous avez vu ce qu'il a fait du jardin la nuit dernière, donc si on peut le choper direct c'est aussi bien. À moins que vous vouliez vous-même dédommager les éleveurs qui ont perdu des bêtes ? Non. Bon. Alors pas la peine de faire un scandale, de toute façon vous n'avez pas le choix. Et puis vous n'êtes pas ici chez vous. On a eu des informations, on a réussi à joindre le propriétaire. Voilà. D'ailleurs il était pas au courant pour le jardin. Le boxon. Vous lui aviez rien dit. Il était très déçu. Donc bon. Mais à nous il a dit oui, il a dit qu'on pouvait entrer chez lui, simple politesse de notre part à vrai dire, évidemment que nous ne sommes pas tenus de demander la permission à quiconque, mais lui était très compréhensif, déjà bien au courant des problèmes, là, des tueries, tout à fait disposé à nous aider. Il nous a même dit que s'il avait été là il nous aurait logés et nourris vous voyez, mais qu'il comprenait bien qu'il ne pouvait pas demander ça à une jeune femme toute seule. Quoique, vous ne semblez pas si seule à ce que je vois...

Mich-Mich répond à son ton accusateur en poussant un gloussement caricatural de pédale. La lieutenante avale sa salive et ne dit rien.

Bon,
reprend son camarade, un type à la voix nasillarde.
Voilà ce qu'on va faire. Nous on reste ici jusqu'à demain huit heures. Va pas falloir vous affoler si vous entendez des coups de feu. Mais faudra plus nous déranger là, c'est pas possible. On va pas pouvoir faire notre travail. Donc vous nous laissez tranquilles, on vous laisse tranquille et puis demain on aura posé les pièges photographiques et faudra pas y toucher. Vous les verrez sûrement pas, ils seront cachés de toute façon. C'est des pièges. Et puis on repassera dans la semaine mais faudra être gentille avec nous, entendu ? On va pas s'en sortir sinon. N'oubliez pas qu'on est là sur ordre du préfet.
J'emmerde le préfet
murmure Fauvel pas très fort.
Comment ?
gueule la chasseuse, véhémente et vénère.
Rien, rien. On va vous laisser faire votre... travail,
répond Fauvel en tournant les talons, des *airs guillemets* dans la voix.

À présent les deux amis rentrent en ricanant, mettent de la musique très fort pour qu'elle résonne dans la forêt, dansent un peu. Mais malgré toute la frénésie joyeuse qu'elle s'efforce de jouer, Fauvel est folle de rage. Elle ne laissera pas tuer cette bête, pas si elle peut empêcher le massacre, aujourd'hui on ne peut plus tuer les animaux sauvages comme ça, c'est plus possible, ça l'estomaque que cette solution soit même envisagée.

Que des millions d'animaux soient abattus chaque jour, ça ne choque personne, mais qu'une bête sauvage dévore trois brebis et tout s'affole.

Monopole de la violence monopole de la violence,

se répète-t-elle de plus en plus défoncée, avec cette facilité à se glisser dans la pensée circulaire qu'on a à ces moments-là.

Mais,

se dit-elle soudain tandis qu'au fil de la nuit ses pensées l'emportent toujours plus loin au tréfonds de boyaux mentaux qu'elle n'atteint jamais qu'à des heures très tardives, dans des états d'insomnie ou de veille surexcitée rares et uniques,

Mais si ça se trouve il n'existe pas d'ours ou de loup ou de dieu sait quoi ;

avec une certitude épiphanique, soudaine, de courte durée, elle décide que tout ça a été fomenté par Julien. Que c'est lui qui tue les bêtes, nuit après nuit, avec ses armes artisanales en forme de crocs, celles qu'a découvertes Michel à la faveur du sommeil du monstre.

Puis la pensée qui bourdonne un moment dans son crâne s'estompe, bascule dans autre chose, elle réfléchit à la complexité inextricable du monde ; des entités et des relations qui l'habitent, devant ses yeux se décomposent les maillages lâches, mystérieux, plus ou moins colorés.

Ce n'est qu'en sombrant enfin dans le sommeil, après qu'au beau milieu de la nuit Michel soudain fatigué a annoncé qu'il rentrait, à pied, qu'il allait traverser quatre kilomètres de forêt, épuisé, défoncé, alors qu'une bête sauvage, humaine ou animale, rôde parmi les arbres ; refusant que Fauvel le raccompagne en voiture, refusant de passer la nuit dans la chambre d'amis – *non non je dois braver ma frousse* – ce n'est qu'alors que Fauvel, la tête déjà à moitié enfoncée dans le rêve, se rend compte que la chienne n'est pas rentrée depuis la veille.

Elle passe toute la nuit à rêver d'Hannah, elle *est* Hannah, elle aime ça, le sommeil est devenu un continent fantastique et confus où chaque nuit elle se plonge pour devenir une chienne extravaguant dans les forêts.

•

* * *

La quête commence : d'objet incertain, d'issue tortueuse sans aucun doute mais c'est avec assurance pourtant que Fauvel s'avance dans les bois en cherchant : quoi ?

Des traces de pas, des traces de lutte, des traces d'Hannah (qui n'a pas reparu) peut-être, des traces de Julien, des traces de la bête invisible, de quelque chose enfin qui la mènerait sur la piste de la vérité. Il lui semble avoir comme tâche de sauver d'une condamnation inique, d'une mort certaine, un animal rebelle et réfractaire, de le trouver avant Julien, de lui éviter la mort que Julien s'apprête à lui donner, et même de sauver Julien, qui sait.

Elle ne sait pas si c'est Hannah la chienne ou le carnassier anonyme qu'elle va sauver. Tout lui convient.

C'est une mission très importante dont elle s'est chargée. Elle espère qu'elle pourra, ainsi, rétablir une justice qui lui semble s'être perdue quelque part ailleurs, un peu plus tôt dans la vie, dont elle a douté un moment qu'elle existe mais qu'elle sent en ferment dans ses membres ; la justice en effet n'est pas un concept mais un acte physique, elle le voit bien maintenant, et c'est en mouvant ses bras et ses jambes, son corps à travers l'espace qu'elle la rendra ; elle – Fauvel – qui était devenue si immobile, si menue, repliée dans un coin par des inquiétudes imposées.

Elle voit bien à présent que tout comme l'injustice a pu s'incarner dans un corps – le sien – en prenant la forme de la souffrance, c'est maintenant par l'action de ce même organisme meurtri que la justice se déploiera. Elle voit nettement que la source et l'issue sont les mêmes. Par exemple : que la balle de défense qui l'a blessée et la munition qui cherche désespérément à s'enfoncer dans la chair de la bête mystérieuse ont été fabriquées dans la même usine stéphanoise, que l'État qui arme les keufs et les chasseurs est le même, que la pensée régissant ces violences est la même, que combattre l'un est combattre l'autre, nécessairement, et que c'est de là que viendra le salut, une certaine forme de salut. Qu'il faut se défendre, empêcher, et enfin, vraiment, *vraiment*, attaquer.

Elle vagabonde dans la forêt un pétard éteint entre les doigts gourds, ses pieds font craquer les feuilles mortes. La brume est toujours lourde et épaisse et elle sait qu'elle pourrait sans doute se perdre à nouveau, peut-être de façon irrémédiable cette fois, mais elle a confiance dans la nécessité de sa mission, c'est ce qui va la protéger.

D'ailleurs, elle est armée : elle a sur elle une petite bombe de lacrymo qu'elle a achetée il y a longtemps suite aux menaces d'un type cinglé qui s'était mis à la suivre, à la pister dans les rues, jour après jour. Elle ne s'en est jamais servie, l'a toujours gardée dans son sac où peu à peu les instructions, les mises en garde se sont effacées de la surface du contenant, laissant quelques lettres éparses ici ou là sur le métal embrouillé, ce qui semble à Fauvel significatif d'une certaine manière,

La perte de sens…

a-t-elle maintes fois commencé à se dire sans poursuivre sa réflexion,

la perte du langage et de l'humanité dans la peur.

Elle a aussi dans sa poche un Opinel replié qui grelotte contre son téléphone, acier contre terres rares, plastique.

Comme les choses sont étranges, polysémiques, la lacrymo qui lui a brûlé la peau et les poumons tant de samedis, dorénavant nichée dans son sac comme talisman, l'extractivisme maudit qui aujourd'hui la protège, la violence qui de tant de manières a transformé sa vie.

Tout autour d'elle la forêt vibre et trémule, elle sent des regards sur sa nuque, perçoit les faisceaux des pièges, des caméras qui se sont immiscées jusqu'ici, qui traquent à n'en plus finir ; devine les lacis des signaux, des courants électriques, des champs de force tout autour de son corps. Au loin, sourdement, elle entend l'usine ronfler.

Elle n'est pas tout à fait à la recherche de Julien mais elle est sûre qu'il se cache quelque part parmi les arbres, sanguinolent et bestial, en train de dévorer les entrailles d'un chevreuil ou d'un veau. Qu'est-ce qu'elle fera si elle le trouve elle ne sait pas encore. Elle va le confondre, le punir, là sur le sol mousseux et humide, le renvoyer pour toujours vers des sphères extraterrestres qu'il semble vouloir retrouver à toute force, en détruisant parcelle par parcelle la terrestrialité qui l'entoure. Voilà qu'elle touche encore du doigt des vérités absolues :

La pulsion métaphysique des humains est une pulsion de mort

se dit-elle,

l'au-delà est un vilain piège qui barbouille la vie de violence.

Elle sent qu'elle est en fait assez défoncée (à peine mangé ce matin, allumé un joint au réveil, fumé un et demi depuis), mais elle continue à avancer dans les bois ; et dans sa pensée l'envie de vengeance s'amenuise pendant qu'elle se répète intérieurement sur différents tons et sous différentes formes la phrase :

La véritable magie ce sont les arbres et les animaux.

Finalement, elle est bel et bien perdue et elle s'accroupit sur une souche qui lui humidifie le fondement de manière mi-agréable mi-pas. Elle checke son téléphone, pas de réseau. Rallume son cul de joint huileux et inhale la fumée dans la brume. Un peu plus loin, elle entend un gémissement.

C'est Hannah.

Hannah sur le flanc luisante et médusée, visiblement souffrante, les yeux montrent la panique et au loin dans le brouillard on entend un clairon stupide sonner, faire écho contre les arbres, se répandre dans l'air humide comme des ondes molles parcourant des épaisseurs infinies d'ouate ou de peau.

La chienne a été blessée car le sang coule et ce n'est pas cette fois de sa gueule, quoiqu'il semble qu'aux coins de sa bouche subsistent quelques croûtes noircies, datant d'une attaque lointaine. Le sang coule de son flanc qui se soulève avec précipitation, ses yeux ont si peur, la voilà si impuissante, si effrayée, comme un enfant, un être fragile à protéger. Fauvel n'ose pas s'approcher, elle écrase le joint sous sa semelle, met le mégot dans sa poche. Elle tressaille à la pensée de l'odeur qui s'attachera à ses mains à chaque fois qu'elle les plongera dans sa veste pour les semaines à venir, une signature temporelle de ce jour aussi brumeux que la fumée s'exhalant de ses narines en deux colonnes salomoniques ; titubant sur des jambes soudain moins certaines, elle s'accroupit auprès de la chienne.

Quand elle passe sa main sur la peau, les poils luisants collent et en la détachant des fils gluants se forment entre les corps d'Hannah et de Fauvel, une espèce de mixture grasse, visqueuse, blanchâtre par endroits, presque irisée, qui recouvre la chienne tout entière comme une toile d'araignée, et Fauvel voit maintenant que la chienne est presque iridescente dans le demi-jour hivernal, oblitéré, épais ; une scintillation qui transperce l'air ; elle est couverte de cette chose qui coule tout le long de sa peau comme avec une odeur de champignon assez fade mais néanmoins apte à rentrer dans la gorge, à titiller la mollesse des tissus gutturaux et à s'y fixer indéfiniment, présage Fauvel en déglutissant.

Qu'est-ce que c'est que cette étrange humeur qui la recouvre, d'où ça sort, qui l'a blessée, qu'est-ce que ça veut dire, etc. : les questions peinent à s'organiser alors qu'elle se les formule en silence, immobile, concentrée, debout mais voûtée près de la chienne, avec par vagues le déséquilibre de la défonce qui lui monte aux joues et qui menace de la faire tomber ou vomir peut-être, peut-être simplement sous l'effet du dégoût que lui inspirent le mystérieux liquide, la vue de la plaie, la peur de la chienne, quoi de plus vil, de plus abject que la peur d'autrui, que la peur d'un être duquel on ne doutait pas du courage.

S'accroupissant à nouveau et voyant les branches nues valdinguer par-dessus sa tête dans un embrouillamini confus, elle tend la main vers Hannah qui gémit, vraiment sans défense, vraiment pauvre, pauvre chienne. La trompe de chasse, dont le chant ressemble plutôt à celui que produirait un clairon pour enfants, ridicule et cachectique, corne à nouveau et combien ridicule mais combien plus proche.

Il est clair que si la meute à laquelle s'adresse ce clairon tombe sur Hannah, elle n'épargnera pas cette ennemie déjà à terre. Trouvant soudain une force qu'elle n'aurait pas soupçonnée, Fauvel hisse délicatement l'énorme chienne sur ses épaules et se met en route, les genoux et le dos ployés sous le poids insensé ; en route pour n'importe où, de là où elle est venue sans doute, peut-être, lui semble-t-il

– les souches et les feuilles se ressemblent toutes, formant un motif hypnotique à ses pieds comme un long tapis qui se déroule et les emmène loin de la trompette infernale.

Elle entend des ahanements, ce sont les hommes qui s'appellent, ils font la battue peut-être, chacun a son cri particulier, des voix d'idiots se dit-elle, des cris d'étudiants ingénieurs bourrés, des cris de types qui miment un acte sexuel pour faire rire leurs amis cons, des cris de barbares terrifiants qui s'appellent et se répondent dans la brume.

Comment savoir si ce sont vraiment les chasseurs. Ça pourrait être autre chose, d'autres hommes, d'autres êtres, armés ou non, à sa recherche, venus la tuer et ainsi de suite.

La conscience de l'origine de la parano (la fume) n'aide pas à l'atténuer. Fauvel sort son portable de sa poche, il sent le tabac froid comme prévu, toujours pas de réseau, elle ouvre la fonction boussole, elles se dirigent vers le nord-est, voilà tout ce qu'elle sait. Faites que la bête sauvage qu'ils s'apprêtent à tuer ne nous déboule pas dessus, faites que ce ne soit pas l'ours ou qui sait quoi d'autre, faites que la bête sauvage soit loin d'ici, faites que je ne me prenne pas une balle dans le dos, faites qu'Hannah ne m'arrache pas la tête d'un coup de dents parce qu'elle souffre trop, faites qu'elle ne meure pas, faites faites faites, faites-moi tout oublier.

La nuit tombe et elles avancent dans une direction qui leur est toujours inconnue, dans le tunnel des perceptions, dans le souffle rauque d'Hannah sur la joue de Fauvel, dans le fluide recouvrant le corps de la chienne, qui se colle à ses cheveux, lui coule dans la nuque, dans le dos, sur les mains qui tiennent chacune les pattes d'Hannah, sur ses poignets à la peau si fine, où elle sent les veines battre là-contre, contre la gelée qui l'enveloppe dans une odeur de champignon miraculeux qui la rend, en s'infusant sous sa peau : invisible, invincible, indétectable, flottant à chaque pas vers les méandres des frondaisons d'où gouttent ou s'enroulent vers le ciel semblerait-il des corps lumineux fluides eux aussi qui par étapes se développent, répondant aux géométries des branches et du ciel, encore, encore, elles s'avancent vers l'inconnu.

* * *

Quand Mado fait irruption, Fauvel ne sait pas depuis combien de temps elle dort, aucune idée ; mais le jour s'est levé à nouveau semblerait-il, de l'autre côté du brouillard épais et blanc qui ceint toute la maison. Elle cligne des yeux.

Avant de s'endormir, elle a dû enlever tous ses vêtements et les a pliés sur la chaise près du lit. Elle ne se souvient de rien.

Hannah dort sur la courtepointe, propre, vivante, guérie : la plaie s'est refermée. Une croûte épaisse et grumeleuse lui colle aux côtes mais elle semble saine.

Mado s'assied au bord du lit, caresse les cheveux de Fauvel en souriant,

Ça va ?

chuchote-t-elle en lui flattant les tempes avec douceur.

T'es belle,

ajoute-t-elle de façon inattendue. Hannah lève la tête et grogne pas très fort.

Ça va Fauvel ?
répète Mado l'air inquiet.
Ouais ouais, je suis un peu dans le coaltar là,
admet Fauvel déconcertée.
Je sais plus trop ce qui s'est passé tout à l'heure – hier... enfin je sais plus. Qu'est-ce que tu fous là ?

Les yeux de Mado scintillent d'amusement contenu, elle n'en peut plus d'attendre de tout raconter à sa copine.
Ok. Tu vas pas en revenir Fauvel ! J'ai encore fait n'importe quoi !
pipe-t-elle d'une voix suraiguë. Fauvel se compose un visage attentif pendant qu'intérieurement elle soupire déjà de lassitude. Elle tend la main et farfouille autour du lit à la recherche de ses clopes, se lève nue pour tenter de les trouver dans ses vêtements de la veille ; son gode s'échappe d'entre les plis où il était caché et tombe à terre avec un soupir étouffé. Mado pouffe. Aucune des deux ne se baisse pour le ramasser. Fauvel sonde ses poches qui lui offrent comme prévu le parfum répugnant de son vieux mégot sans lui livrer le plaisir de cigarettes encore intactes et nobles. Ensuite elle se souvient qu'elle a arrêté de fumer du tabac depuis longtemps déjà. Elle ne sait pas ce qui lui a pris.

Son corps est froid et flasque dans la chambre entourée de brume. Elle se rassied, se couvre de la couette sous l'œil négligent de Mado, qui raconte : en fait elle n'est pas retournée au travail mais elle vient de passer deux jours entiers chez Julien, avec lui, à baiser.

Elle est bizarrement, bizarrement troublée par ce type, ne cesse-t-elle de répéter.

Il ne parle pas mais elle est fascinée par sa manière de lui faire l'amour. Il ne la regarde pas, c'est mécanique, aveugle, c'est le mec le moins inventif qu'elle ait jamais connu, il est hyper tiède, elle adore ça.

Chaque fois que je me fous au pieu avec lui j'ai l'impression d'être dans une machine à remonter le temps. Genre bienvenue dans les années cinquante. Je sais pas pourquoi ça me fascine autant alors qu'en fait c'est vraiment très problématique.

Fauvel fronce les sourcils. Problématique, ça, c'est sûr. Tout autant que d'entendre son amie raconter n'importe quoi.

Mais Mado continue, elle a d'intéressantes choses à lui apprendre. Ce n'est pas Julien qui les lui a racontées mais sa mère qui est passée faire le ménage et la vaisselle un matin alors que Julien était à la chasse.

Quoi,
s'étouffe Fauvel.
Le mec a genre trente ans.

Mado ne répond pas, sourit en haussant les épaules, qu'est-ce que j'y peux moi semble-t-elle dire avec son corps brièvement contracté, qu'est-ce que j'y peux s'il sait pas faire la vaisselle.

Mais enfin, bien sûr que Mado était tout de même un peu gênée, sur le moment, de se retrouver là avec cette dame qu'elle connaissait de vue depuis l'enfance, qui ramassait l'air de rien sur le sol de la chambre ses petites culottes et les capotes usagées semées ici ou là, avant de passer l'aspirateur. Mado s'était précipitée, avait récupéré en panique ces effets des plus personnels en rigolant nerveusement, et puis elles avaient engagé la conversation de loin en loin, d'une pièce à l'autre, affairées, alors que Mado s'était mise elle aussi à nettoyer la maison, à aider la mère de son plan cul, elle secouait la tête en se trouvant absurde mais continuait néanmoins à frotter l'évier, la douche, à récurer la cuvette des w-c.

La mère de Julien n'avait pas semblé étonnée outre mesure de la trouver là, plus ou moins installée, lisant un livre assise dans la cuisine avec un café. Elle avait engagé la conversation naturellement, et elles n'avaient de toute façon pas pu parler d'autre chose que de Julien, car il aurait tout de même été inconvenant d'évoquer le père de Mado ou d'autres connaissances en commun de Cournac, mieux valait rester dans le flou.

La mère de Julien raconte donc comment son fils dévale la pente de la vie à grands pas, en roulé-boulé, tout droit vers l'enfer, où il se trouve peut-être actuellement.

> *C'est pas un mauvais gars mais il lui est arrivé quelque chose. Je sais pas quoi, il est plus pareil. La mise à pied, le licenciement, tout ça. Qu'est-ce qu'il t'a raconté ?*

lui a-t-elle demandé.

Mado parle des aliens, de l'histoire des aliens mais elle n'y est pas du tout, ce n'est pas du tout comme ça que ça s'est passé lui explique la mère de Julien. La vraie raison c'est qu'il a mené une grève sauvage et qu'il a été poussé vers la sortie alors que ça faisait trois générations qu'ils travaillaient pour l'usine, son père son grand-oncle avant lui, et puis quelques cousins ;

y a jamais eu de problème, des travailleurs loyaux

dit-elle avec fierté,

ils ont toujours filé droit dans la famille, droit dans leurs bottes

se rattrape-t-elle,

mais enfin justement c'est ça ce qu'il s'est passé, c'est que Julien il a pas supporté l'injustice. C'était l'été et il y a eu cette grande sécheresse, une canicule interminable et puis il avait pas plu depuis le mois d'avril. Rien, pas une goutte. Alors déjà la chaleur ça rendait les gens un peu dingues. Vraiment les gens étaient beaucoup plus agressifs que d'habitude, même moi je le voyais, bon ; il y a eu un grand incendie pas si loin, les gens étaient à cran, ils avaient peur, les récoltes mouraient sur pied, et puis en fait on a commencé à savoir que l'entreprise d'eau minérale là, eh bien elle continuait à pomper l'eau à la source, elle vidait les nappes phréatiques alors que les paysans pouvaient plus arroser, il y avait plus d'eau. Et eux y continuaient à pomper à remplir les bouteilles à les vendre et donc à se remplir les poches, à se faire de l'argent sur le dos des pauvres gens qui voyaient crever leurs récoltes et leurs troupeaux, c'est impossible de voir ça, moi je viens d'une famille de paysans, la terre, les bêtes, c'est toute une vie. On donne tout. Et on est plus au Moyen Âge quand même. Julien a eu vent de cette histoire évidemment et ça l'a rendu furieux.

La mère de Julien raconte la rage noire de son fils, une rage impulsive, chevaleresque ; il a fait arrêter les lignes, a entraîné une partie des ouvriers vers le parking où des palettes de bouteilles vides ont été déversées, brûlées.

Vous nous volez l'eau de la terre, vous nous volez l'eau

hurlait Julien dans l'odeur de plastique cramé.

Vous êtes maudits, vous êtes maudits.

Plus tard, la direction a tenté de s'en débarrasser, la mère de Julien parle d'une espèce de harcèlement sourd, des choses pas nettes, l'invention de cette ridicule histoire d'extraterrestres pour le discréditer. Non mais où est-ce qu'ils vont chercher ça ?

Pourtant, les aliens il m'en a parlé,

a hasardé Mado.

Il m'en a beaucoup parlé. Il me dit qu'il les voit depuis toujours.

Non non non, Julien a toujours été un peu fragile, très sensible, un garçon très sensible, oh là là on la lui a tellement répétée cette histoire, il s'est perdu là-dedans, ce sont les autres qui l'ont entraîné là-dedans, qui lui ont mis ça dans la tête, tout ça c'est des bêtises que ses collègues ont lues sur Internet, comment les extraterrestres

nous contrôlent ou je sais pas quoi, comment on est les esclaves des aliens. Qu'ils nous contrôlent, que les présidents et les papes et tout ça c'est des extraterrestres. Alors qu'à mon avis y a pas à chercher dans l'espace, c'est sûr qu'on est exploités mais c'est des bonshommes comme toi et moi ma pauvre, pas des monstres venus de je sais pas où. Et puis d'ailleurs, ce n'est pas à ce moment-là que ça a commencé.
Avant ça, Juju il avait beaucoup été sur les ronds-points, il est monté à Paris pour les grandes manifs, il s'est jeté à fond dans le mouvement très peu de temps après que ça a commencé. Pour lui ça a été une nouvelle raison de vivre, je l'ai jamais vu aussi heureux que pendant les Gilets jaunes. Enfin, pas heureux, c'est pas vraiment le mot, mais il était plus là, on le sentait présent dans son corps comme il l'avait jamais été. Il avait trouvé comme qui dirait une raison de vivre. Il avait plus peur de rien.
Mais ça lui a causé du tort au travail, ça se savait, ses supérieurs le savaient et ils n'étaient pas contents, ils ont commencé à lui chercher des noises, à le surveiller de près. Et puis avec tout ça, il a été tellement déçu quand ça s'est comme qui dirait étiolé, quand il a vu que ça ne donnait plus grand-chose, que finalement ça avait presque rien changé du tout, que ça se terminerait en eau de boudin toute cette histoire de révolution. Donc il était déjà découragé, quoi. Et puis les choses ne sont pas allées en s'arrangeant.

Il était en conflit ouvert avec l'un des directeurs depuis sa prise de poste mais c'était de pire en pire depuis les Gilets jaunes. Limite harcèlement, déjà à l'époque. Il était à fleur de peau. Il y a eu cette histoire de pompage, l'été. Il a pas tenu. Ça a été la goutte d'eau si on veut

(ici elle a un rire mou, sans doute comme à chaque fois qu'elle fait cette plaisanterie, à chaque fois qu'elle raconte cette histoire pour tenter de rétablir la vérité),

il est parti très vite après. Il a très vite quitté l'usine. Il avait déjà commencé à traîner avec des types de son équipe, sur les ronds-points justement, en manifestation, et puis de fil en aiguille ils l'avaient emmené à la chasse avec eux. Il a jamais aimé ça plus jeune mais ça l'a pris d'un coup. Il chasse comme un fou depuis. Et puis ce sont ces types-là qui lui ont mis dans la tête les histoires d'extraterrestres, c'est eux qui ont commencé à lui raconter ça, lui il m'en avait jamais parlé, c'est pour se mettre bien avec eux qu'il a commencé à répéter ça partout, ou alors… je sais pas… c'est eux qui sont allés rapporter ça aux chefs… ils sont contre lui aussi peut-être… des jalousies… je sais pas.

Il y en a aucun autre qui a été viré, juste lui, alors qu'ils ont mis le feu comme lui sur le parking, alors qu'ils étaient géji aussi, alors qu'ils racontent les mêmes âneries sur les aliens qui nous gouvernent là.

Parfois je me dis que c'est de la vengeance, qu'ils ont pas supporté que mon Julien fasse des études et revienne pour être leur supérieur alors qu'eux

sont allés directement à l'usine après l'école, l'école qu'ils avaient faite ensemble. Ou qu'il est meilleur chasseur qu'eux, parce qu'il a ça dans le sang.
Des fois quand même il m'a dit des choses comme :

Mais tu sais la chasse c'est pour s'entraîner, on s'entraîne pour plus tard, on prépare un truc, un grand truc,

et je ne sais pas trop ce qu'il entend par là, qu'ils vont aller attaquer je sais pas quoi ou qui avec leurs fusils ? Je lui ai demandé, il m'a dit non, il m'a dit que c'était plus compliqué que ça, que ça avait à voir avec ses extraterrestres, que je verrais bien le moment venu. Ça m'inquiète, j'ai perdu le fil, je ne sais plus qui c'est au fond, mon fils, alors qu'on a le même sang, alors que je l'ai porté dans mon ventre mais c'est devenu un étranger.
Maintenant moi le seul moyen que j'ai de garder le lien avec lui c'est comme ça, en venant faire le ménage chez lui parce que de toute façon il le ferait pas et je peux pas le laisser vivre dans la crasse, mais surtout parce que sinon il me dit plus rien, je l'ai comme dégoûté à pas comprendre ses histoires et il me parle plus, je ne sais rien de sa vie, de ce qu'il fait, de ce à quoi il occupe ses journées. Je recompose comme ça en ramassant derrière lui, je reconstitue.

Mado a gloussé de gêne à ce moment-là, en repensant aux préservatifs ballants et la mère de

Julien a légèrement rougi, comme si c'était elle qui avait été prise en faute.

Ça me fait plaisir qu'il ait une amie,

a-t-elle ajouté à voix tendre, écœurant Mado qui a un mouvement de recul involontaire.

Je suis pas vraiment son amie,

murmure Mado navrée.

Ensuite Julien est revenu dans la maison.

Il était sorti vraiment très tôt ce matin-là, peut-être quatre heures, enfin il faisait noir et Mado s'était à peine réveillée, avait sans doute fait quelque chose comme laisser traîner sa main sur son vaste dos dur, s'émouvant *in petto* de sa musculature miraculeuse avant de se rendormir dans le lit toujours légèrement – étrangement – humide de Julien, elle avait encore entendu le cliquetis des chaînes, des grilles que l'on ouvre et ferme, et toujours, au loin, la pulsation de l'usine, c'est plus fort là-bas, on ne peut jamais tout à fait l'oublier, un grognement comme une créature toujours à deux doigts de la colère.

Julien est donc rentré en fin de matinée, très sale et les mains sanglantes, son regard franc assombri par le souci. Il a à peine salué sa mère, a fait un geste de la main à Mado, s'est dirigé vers la salle de bains d'où s'échappe à présent le bruit d'un infini barbotage presque heureux. La mère de Julien a essuyé d'un coup la table, s'est levée pour partir, a dit à Mado

Surtout ne regarde pas dans le cagibi derrière la tenture, là, c'est dégueulasse, moi je n'ai pas le droit d'y aller non plus ;

et sur ce a passé la porte en la refermant derrière elle, en lançant un dernier regard insistant à Mado, qui dès qu'elle ne l'a plus vue s'est dirigée vers le cagibi. Fermé à clé.

La poignée de faïence a cliqueté sans effet dans sa main.

Moi, je sais ce qu'il y a dedans, Mitch a tout vu,

dit Fauvel qui se met à lui expliquer frénétiquement ; Mado ouvre de grands yeux, pousse des gémissements de peur.

Ok c'est sûr, je le revois plus ce mec, c'est un zinzin en fait. Par contre, tu sais ce que je vais faire ?

pépie Mado avec exultation.

Je me suis mise en télétravail et je vais rester ici avec toi toute la semaine !

Mado et Fauvel roulent sur le lit en embrassades ; Hannah se rapproche méfiante mais intriguée, agitant la queue avec circonspection puis pose sa truffe sur la cuisse de Fauvel qui raconte à son amie, s'étonnant de la croûte qu'elle voit sur son flanc, ce qui est arrivée à la chienne, de la glu odorante sur son corps, du retour légèrement halluciné dans la brume, avec les cris. L'air de rien, elle demande :

Quand est-ce que Julien est revenu sanglant et terreux ?

à quoi Mado répond :

Hier je crois.

Hum

répond à son tour Fauvel qui fait des calculs basiques dans sa tête.

* * *

L'après-midi se déroule de fort plaisante manière, Fauvel tresse les longs cheveux de Mado en trois nattes souples, elles regardent calmement la télévision, pointent le nez dehors mais se prononcent contre une promenade, le brouillard est trop épais et il fait froid. Au fond du jardin Fauvel croit apercevoir les lumières des caméras ou des viseurs des lieutenants de louveterie ; mais peut-être est-ce encore quelque chien échappé d'une meute chasseresse, armé de son petit boîtier qui contrôle le moindre de ses mouvements, qui le suit jusque dans les bois les plus sombres, les terriers les plus profonds ; en esprit son maître est toujours avec lui, la surveillance ne s'arrête jamais.

Hannah ne semble pas vouloir sortir non plus, sa blessure l'a affaiblie. Elle se pelotonne contre Fauvel, étend ses pattes sèches le long de son torse, lui chatouillant de ses griffes les tétons. Elle pousse de longs soupirs d'aise que personne n'a jamais entendus.

Mado s'excite en voyant enfin Béryl à la telloche :

C'est elle, c'est elle, elle est pas trop belle ?

Béryl vit donc à Tabor, cette espèce de ZAD Potemkine télévisée. Comme ses camarades d'infortune, elle vaque à ses occupations, semble tout aussi investie qu'eux dans les activités proposées par la production. De toute évidence, Mado en est déçue : elle aurait aimé imaginer qu'elle serait rebelle et authentiquement révolutionnaire, qu'elle enverrait se faire foutre le monde fictif auquel elle prend part. Mais il n'en est rien, elle sourit en hochant la tête, elle travaille aux côtés des autres avec ardeur. Son visage a même un peu changé pour se conformer au canon esthétique de la téléréalité. Peut-être est-ce l'écran de télévision à la luminosité énervée, mais sa peau a pris une teinte orangée, ce qui, paradoxalement, donne à son visage un aspect plus occidental, malgré son ascendance vietnamienne, une sorte de blanchité générique et calibrée. Ses cheveux mêmes sont méconnaissables, on les croirait recouverts mèche à mèche d'une brillantine visqueuse. Une voix grave dit :

Comment Béryl saura-t-elle trouver
sa place à Tabor après le départ précipité
de Tamara ? Son bon sens
et son intelligence lui permettront-ils
de faire survivre ses camarades ?

Mado la reconnaît à peine. Les souvenirs de leurs quelques journées ensemble, qui étaient encore si vifs dans ses cellules et dans son sang, s'effacent comme si rien de tout ça n'avait vraiment existé.

Au bout d'un moment, l'émission devient vraiment très frustrante. Mado s'en veut de ne pas s'intéresser à Béryl mais elle ne parvient pas à ressentir autre chose qu'un agacement profond et navré. La femme qu'elle voit agir sur l'écran n'a rien à voir avec son amante.

Quelque part au fond d'elle, l'importance de sa rencontre continue pourtant à brûler, mais sans conviction. Elle éteint la télé et sort son ordinateur :

Je vais quand même travailler un peu, ils en ont rien à foutre au bureau mais c'est histoire de, quoi.

Elle tapote sur son clavier pendant que Fauvel et Hannah restent immobiles allongées sur le canapé, Fauvel caressant hypnotiquement le poil ras d'Hannah qui s'irise sous l'halogène. Elle sent l'autre œil pulser contre la paroi orbitale, elle sent de longues larmes filandreuses couler sur ses joues.

Tu y crois toi à cette histoire d'extraterrestres ? demande tout de go Mado.

Mais Fauvel s'est endormie.

Elle est réveillée un temps plus tard (combien de temps ? Mado absorbée par son écran d'ordinateur ne saurait dire) par des coups de feu très proches de la maison qui font sursauter tout le monde. Hannah bondit hors du canapé et court à la fenêtre, hurle à la mort, le corps tendu, bouillant contre la vitre froide.

Ça tire, ça mitraille, on pourrait croire que le brouillard étoufferait les sons mais non : les coups de feu déchirent l'air tout aussi bien que s'il était sec et limpide, illuminant d'éclairs la fadeur nébuleuse. Fauvel craint que ne se brisent les vitres, que ne se fichent des balles dans les murs de la maison, dans leur peau. Elle voit la maison en ruine, brûlant dans la nuit, les murs s'écroulant en gravats poudreux sur les échines malheureuses. Elle crie pour essayer de faire taire la chienne, la panique générale et la confusion n'en sont que plus vives. Pourquoi ce déchaînement soudain ?

C'est la mort qui frappe à la porte, qui siffle entre les branches des arbres.

Mado calme tout le monde, en posant d'abord des mains chaudes et lourdes sur les épaules de Fauvel, puis en murmurant à l'oreille de la chienne qui ne fait plus qu'agiter son arrière-train d'une patte sur l'autre, la queue roide. Les tirs ont cessé.

Voilà, c'est fini maintenant

dit Mado.

Tout doux.

Elle circule dans la maison sur la pointe des pieds, s'éclairant de son seul portable – la discrétion semble de mise – en fermant toutes les portes à clé. Elle ose tout de même ouvrir les fenêtres pour fermer les volets, après avoir déposé au pied d'une des grandes baies vitrées un petit bol de lait.

Pour la bête, si elle passe, ou pour je sais pas qui, pour qui voudra

explique-t-elle à Fauvel qui se roule un spliff pour se remettre de ses émotions et qui ne répond rien. Hannah s'est mise en boule dans sa panière comme un vrai chien classique et ronfle presque sans bruit. Fauvel le cœur plus quiet la regarde avec adoration tandis que la papillote de papier au bout du cône s'enflamme impétueusement.

Tu devrais passer au vapo c'est quand même meilleur pour la santé

lui glisse Mado, très fée du logis ce soir, tandis qu'elle époussette Hannah I empaillée. Cependant, elle ne se fait pas prier lorsque Fauvel lui passe le oinj ; d'ailleurs Fauvel sait très bien ce qu'il se passe, elle est toujours ainsi quand elle a trop baisé ou trop fait la fête, ou quand elle éprouve des déceptions amoureuses : maternelle et sérieuse, elle se rattrape en quelque sorte. Et comme en ce moment, elle a non seulement trop tiré sur diverses cordes – faisant sonner les cloches (d'alarme ou de liesse) à toute volée –, qu'elle est déçue par Béryl à qui elle avait déjà voué son cœur avec toute son inconséquence habituelle, mais qu'elle est aussi effrayée par son godelureau des derniers jours ; pour toutes ces raisons, elle est devenue une mère spécialement attentive et dévouée. Fauvel se dit même, en la regardant téter sur le joint dont elle extrait des bouffées voluptueuses recrachées en gros nuages, qu'elle est en train de devenir tout à fait comme Hélène, ce qui lui plaît.

Elles oublient peu à peu les coups de fusil dehors, se perdent, après s'être couchées dans le lit de Fauvel, dans des conversations sans fin sur les sujets les plus divers : l'amour, la botanique, le destin, les pizzas de boulangerie, etc., elles en viennent pour finir, après encore quelques fumaisons, à la question des vertus comparées de différentes huiles lorsqu'elles sont appliquées sur la peau, au sujet de quoi elles finissent par ne communiquer que par monosyllabes endormies. Avant de sombrer dans le sommeil, Mado les yeux mi-clos prend soin de bien écraser le mégot déjà éteint dans le cendrier, il ne vaudrait mieux pas qu'il arrive d'accident malencontreux, la maison en flammes (encore), la mort stupide, et elles s'endorment côte à côte, leurs corps respectivement si lourds, entraînées comme par des boulets attachés à leurs chevilles, emportées dans des eaux épaisses. Dans le calme revenu, l'usine pulse de nuit jusqu'au cœur de leur sommeil.

En se réveillant le lendemain dans la chambre assombrie elles se racontent comme d'ordinaire leurs rêves.

Mado :

J'étais dans une grande halle avec de multiples étages et des pièces cachées partout, qui s'ouvraient sous les étals ou dans des frigos d'arrière-boutiques, des salles comme des maisons à part entière, des salles de bains ou des palais. D'ailleurs ce n'était pas tellement une halle, plutôt un marché dans la rue, une rue dans une ville embrumée et complètement déserte, il n'y avait personne et il faisait mi-noir mi-gris. Et puis en fait, tout était vide, il n'y avait pratiquement rien, pas de maisons, pas de pièces, rien du tout.

Ok

répond Fauvel. Elle ne sait plus tellement de quoi elle a rêvé, une confusion de sang *elle aussi mais plus* près du sol, elle a encore rêvé qu'elle était Hannah ou qu'elle chevauchait Hannah, d'ailleurs n'auraient-elle pas décollé dans les airs à un moment donné ? Fauvel raconte à Mado qui répond que c'est marrant.

Les belles tresses de Mado se sont partiellement défaites pendant le sommeil, des serpentins chevelus cascadent sur ses épaules. Elle se gratte la tête, à la racine des cheveux, là où Fauvel a serré comme une dingue pour natter ; et commence à défaire ce qui reste de la coiffure les yeux dans le vague.

Elle demande, à Fauvel qui s'esclaffe et répond rien de spécial, ce qu'elle a prévu aujourd'hui.

Fauvel est inactive depuis si longtemps, si incapable de faire quoi que ce soit depuis tant de mois que la question est évidemment de pure forme.

Moi je dois travailler

dit Mado en sautant du lit et en ouvrant grand les volets.

Dehors c'est une dégoûtante scène de désolation. Il y a du sang partout, des touffes de poils, des boyaux comme des rubans humides jetés négligemment à terre ; plus près de la forêt il y a des quartiers de viande entiers gisant dans la boue ; et deux carcasses de bêtes épouvantablement mutilées, c'est-à-dire, de ce que l'on en voit depuis la porte-fenêtre de la chambre : démembrées, étalées, éviscérées, énucléées. Mado commence à avoir des haut-le-cœur violents qui la secouent tout entière. Elle se précipite dans la maison, pliée en deux, au moment où Hannah bondit dehors, surexcitée, courant d'un débris organique à un autre qu'elle flaire sans trop s'approcher, en ululant comme un loup, la gueule pointée vers le ciel.

Les lieutenants de louveterie sont là, ils prennent des photos des cadavres avec leur portable.

Toute la nuit la bête a rôdé

disent-ils,

toute la nuit. On a capté des mouvements mais on n'a pas pu la voir à cause du brouillard.

Vous avez tiré alors que vous n'y voyiez rien, donc,

dit Fauvel courroucée. Elle les déteste.

C'est pas nous qui avons tiré

avouent-ils presque honteux.

On ne sait pas c'est qui. On a pas retrouvé de douilles, pas de traces de pas, rien. Et puis surtout, regardez.

Et ils montrent, qui s'échappe de l'orbite vidée de l'un des cadavres, une mixture visqueuse qui n'est pas inconnue de Fauvel, penchée et se couvrant par réflexe le nez et la bouche du col de son sweat. Qui s'échappe aussi du poitrail fendu en deux, s'amoncelant sur les pattes où elle a coulé comme un tas de glu d'une gélatineuse fermeté. Elle voit bien qu'il s'agit de la même matière extraordinaire à l'odeur de champi qu'elle avait retrouvée sur la blessure d'Hannah, elle voit s'agiter dans la brise de minuscules sporocarpes filandreux. L'une des deux bêtes est décapitée, et Fauvel s'étonne de ne pas trembler plus que ça, de ne pas avoir eu envie, comme Mado, de dégueuler, d'être là campée sur chacune de ses jambes solides à inspecter de près cet animal détruit.

Regardez,
disent à nouveau les lieutenants d'un air presque craintif cette fois-ci, en désignant la porte d'entrée de la maison. La tête de l'animal, un mouton peut-être, est posée sur le pas de la porte, face à elle, comme si elle attendait de rentrer.

Euh
dit Fauvel.
On est obligés de la laisser là tant qu'il y a pas eu l'expertise. On doit tout laisser là. Si c'est des loups c'est plusieurs loups. Mais c'est pas des loups, on est quasi sûrs.
Un ours peut-être ?
demande Fauvel l'air de rien.
Non plus, ça ressemble pas à ce que ferait un animal. On... on sait pas ce que c'est. On a jamais vu ça.
Fauvel fait
Pom pom pom
de la bouche, elle aimerait avoir une pipe sur laquelle tirer pensivement ou au moins un de ces chapeaux à rabats latéraux qui consacrent les détectives. Elle leur redemande s'ils n'ont bel et bien jamais vu ça, ce à quoi ils répondent : non, on n'a jamais vu ça. Fauvel commence alors à pas lents à faire le tour de la maison, les mains derrière le dos,

Hannah marche derrière elle l'air concentré ; elles font la paire.

Il y a de l'amusement, chez l'une et l'autre, de ces postures, mais il y a surtout le besoin de faire éclater la vérité, qu'elles se communiquent par de minces tremblements. Hannah semble bien plus secouée que Fauvel, elle a eu des mouvements de recul devant le plasma qui dégoulinait des plaies, elle a gémi devant la tête tournée face à la porte.

Fauvel, elle, se soupçonne de dissimuler sa peur sous un vernis d'impassibilité. Lorsqu'elles arrivent devant le petit bol de lait que Mado avait posé dehors, elles ne peuvent que constater qu'il est vide, ou presque : un peu de sang s'est mêlé aux dernières gouttes.

Aha !

crie Fauvel en ramenant le bol dans la maison, où Mado se passe la main dans les cheveux ondulés par les tresses, les larmes aux yeux. Elle a le visage rouge et bouffi, Fauvel n'est pas sûre si c'est parce qu'elle est allée vomir ou si c'est parce qu'elle pleure, ou les deux.

C'est horrible, je me sens super mal. Ça me retourne le bide rien que d'y penser

dit Mado qui en effet pâlit soudainement sous les marbrures.

Qui a pu faire une chose pareille

ajoute-t-elle.

Qui,

lui fait écho Fauvel.

Je vais te dire qui : c'est Julien ! C'est sûr !

Mais pourquoi tu dis ça ? Il a rien à voir avec ces histoires, lui il pense que c'est ses aliens, là.

Pourquoi des aliens feraient ça ? Non, c'est une personne, c'est obligé. Pourquoi crois-tu que ça arrive tout le temps ici chez ton père ? C'est genre la troisième fois qu'il se passe des choses bizarres dans son jardin.

Tu crois que c'est parce qu'il m'aime ?

s'exclame Mado.

C'est un tordu, il m'aime et c'est comme ça qu'il me déclare sa flamme !

Fauvel ne répond rien. Elle ne croit pas que ce soit le cas ; mais elle sait qu'il ne sert à rien de contredire son amie. Pauvre Mado, toujours à la recherche de l'amour, toujours à pister partout l'amour qu'on pourrait lui donner, enfin, pour qu'elle se sente pleinement exister. Même s'il coule d'une source salie ou toxique, même si elle finira par le compisser amèrement, après qu'elle y aura longuement bu, après qu'elle s'en sera rendue malade.

Alors que moi,

se dit Fauvel,

j'ai l'enquête ;

comme si cette enquête l'avait toujours attendue, qu'elle existait de toute éternité, l'attendant là, dans la forêt de Cournac, depuis tant d'années, palpitante et ensanglantée, lumineuse, faste.

Elle se glisse à nouveau dehors et pendant que les lieutenants confus s'agitent dans le jardin retourné, comme brûlé, elle se penche vers l'une des carcasses et recueille dans sa main un peu du mycélium visqueux, referme les doigts avec légèreté, rentre à pas de loup,

Tiens
dit-elle en tendant la main vers Mado,
Goûte ça.

D'abord, bien sûr, elles ne sentent rien d'autre que le goût musqué du champignon, la texture de farine filamenteuse qui fond sans trop de résistance sous la langue. Mado n'a pas hésité à tendre la sienne et à lécher le petit tas blanc sale que Fauvel tenait dans sa paume tendue. Fauvel, elle, a plongé les doigts dans la masse, ramenant au bout d'index et majeur recroquevillés un petit pois de mousse, qu'elle enfourne fissa, et qui crépite de façon inattendue contre son palais. Elles se regardent et sourient ; Fauvel lui a juste dit qu'elle allait voir ce qu'elle allait voir.

Il est évident que Mado sait d'où vient cette substance bizarre, mais soudain l'origine cadavérique n'a plus paru si importante, ni à l'une ni à l'autre, nul besoin de l'évoquer ; elles sont simplement, terriblement, attirées par l'odeur étrange, par sa nature à la fois animale, germinatrice, moisie ; c'est tout à la fois, tout

se murmurent-elles en s'éloignant l'une de l'autre, Mado pour se mettre au travail, Fauvel pour faire la vaisselle. Dehors, le brouillard qui s'était momentanément levé comme un rideau sur une scène de théâtre, pour révéler l'hécatombe extérieure, est retombé, et on ne voit plus à un mètre dehors. Plus les cadavres, plus les bouts de viande, plus les lieutenants. Avec la brume s'est déployé le silence, on n'entend rien que le cliquetis rond des touches d'ordinateur sur lesquelles Mado tape distraitement, les roucoulements de l'eau qui coule sur les mains de Fauvel et sur les assiettes.

Pourquoi du sang dans le bol de lait
se demande-t-elle,
pourquoi, pourquoi sinon pour me montrer que la créature tueuse s'est approchée de la maison, l'a frôlée, l'a couverte du regard, pourquoi les brûlures, les coups de fusil ? À quoi ça rime tout ça.

Elle sent qu'une idée unifie ces éléments épars, et il lui semble pouvoir tout juste l'atteindre à la pointe de sa pensée, mais pas tout à fait encore, comme un alevin qui s'échapperait sans cesse entre ses mains se refermant dans de frustrants clapotis. Elle rejoue les éléments, la chienne, les accusations, les chasseurs, les aliens. Hannah a passé toute la nuit avec elles, non ? Impossible de savoir. Les portes étaient fermées à clé mais l'étaient-elles vraiment toutes ?

L'être violent aurait-il pu s'introduire, s'il l'avait voulu ? Ou Hannah a-t-elle trompé sa surveillance, est-elle sortie ? Car au fond il ne faut exclure aucune possibilité. Dans tous les cas, personne n'aurait rien vu dehors, à cause du brouillard. Et la chatière ? Peut-être qu'Hannah s'y est glissée, peut-être d'ailleurs qu'elle sait aussi tourner une clé dans une porte. C'est elle qu'accusent les chasseurs, les gens du coin aussi, mais n'est-ce pas parce qu'elle représente quelque chose qu'ils ne comprennent et ne maîtrisent pas ? Hannah… Elle la voit cavaler comme une furie à travers la campagne, sautant les haies dans la nuit, courant dans de longs tunnels souterrains, bondissant au sommet de collines obscurcies. Elle sent presque sur sa peau soudainement comme velue le souffle cataclysmique qui enveloppe la chienne, une tornade dans sa course, le plaisir infini de se sentir libre dans l'ultranature.

En fait, il faudrait, pour faire cette enquête sérieusement, qu'elle ait non seulement un petit chapeau de détective mais aussi des informations plus précises sur les tueries, depuis combien de temps, comment, où ?

L'eau coule depuis longtemps déjà sur ses mains immobiles endormies de plaisir. Tout à coup : la vraie montée, qui se dilate et s'ouvre dans ses tissus, Fauvel pense que ça ressemble au silence qui s'installe dans le crâne lorsque des bouchons en mousse gonflent dans les oreilles, ou bien au bruit que fait la neige quand elle commence à tomber après qu'on l'a longtemps attendue.

Elle se tourne vers Mado, les mains toujours sous l'eau chaude et elles se sourient.

Elles sont à nouveau installées devant la télé, opératiquement séduisante, où se déplient des gestes et des paroles fascinants, empreints d'un feuilleté de significations nouvelles. Fauvel a recommencé à tresser les cheveux de Mado mais elle oublie sans cesse comment il faut faire, range les mèches dans le désordre, ses mains s'affaiblissent autour des brins et les cheveux sont si soyeux sous les rainures de ses doigts qu'elle ne se souvient de rien d'autre, son regard se perd à observer sur l'écran les humains aux yeux intelligents qui survivent dans leurs masses de chair, elle scrute Hannah, pense aux bouches des chiens lorsqu'ils sourient, tout qui se liquéfie en couleurs douces qui coulent sur ses membres.

Les cheveux pendent sur ses genoux, Mado a les yeux fermés et Fauvel peut sentir partout la pesanteur des corps et la douceur des étoffes, les couleurs qui se réverbèrent contre les murs en tintements d'orgue. Mado ouvre les yeux et tend la main, si elles touchent leurs doigts contre à contre, des étincelles lentes en pleuvent, se fondant dans les surfaces, les objets, se coulant jusque dans le ciel où elles vibrent de concert.

Fauvel se souvient à présent nettement de ses voyages à dos de chien dans les étoiles, où elles ont frôlé des présences inconnues ; tout lui revient à présent.

À travers la brume et à travers la terre un vrombissement lent leur parvient, c'est celui de l'usine. Le son paraît plus fort que d'ordinaire, les vibrations sont presque physiques, épaisses, elles s'allongent comme des jambes qui s'étendent sous une table, et aux pulsations de l'usine un visage s'ajoute sans cesse, celui de Julien qui bat comme un cœur dans la tête de Fauvel, qui réapparaît comme le centre d'une rosace tournoyante, ses lèvres bougent mais elle n'entend pas ce qu'il dit.

Un instant plus tard Mado est éveillée et montre la télé du doigt, excitée. Béryl est à l'écran, son visage a encore changé depuis la veille, et il semble pendant un instant à Fauvel qu'elle peut lire ses pensées, puis l'impression s'estompe, d'ailleurs le trip est tout à fait terminé, aussi abruptement qu'il a commencé.

Elle cligne des yeux, sa nuque lui fait un peu mal, à l'écran Béryl en effet pleure de frustration en essayant d'apprendre des pas de danse obligatoires, on la voit ensuite pelleter du fumier, les yeux rivés sur la caméra d'un air de défi.

La voix off évoque les nombreuses vertus du fumier dans le cadre d'une agriculture respectueuse de l'environnement, tandis qu'un long travelling s'approche sans cesse plus près du visage peiné de Béryl.

Ça a pas tellement l'air de lui plaire finalement

dit Mado qui s'étonne de ce que les mots lui sortent si facilement de la bouche.

Ça ne lui aura pas pris très longtemps. J'en étais sûre. Elle est pas faite pour ce genre de truc, elle pouvait que péter les plombs super vite, impossible qu'elle se sente bien dans cet endroit complètement artificiel. Ah !

s'écrie-t-elle avec bonheur,

je l'aime à nouveau !

Béryl la mystérieuse artiste contemporaine
saura-t-elle relever le défi de la première
semaine passée à Tabor

s'enquiert de façon tout à fait rhétorique la voix off, en proposant un vote par sms.

Non !

hurle Mado en se saisissant de son portable.

Elle le relèvera jamais !

Fauvel pense qu'elle va envoyer : *non* au 8 36 33, mais Mado est en train d'écrire à Béryl :

> *N'hésite pas à venir me retrouver*
> *quand tu sors, voici mon adresse,*

lit-elle à voix haute.

La télévision est éteinte, et les amies, soudainement affamées, décident de se cuisiner un festin. Les festins, on l'a dit, sont la spécialité de Mado, qui sait les faire apparaître comme par magie, même s'il ne reste dans le garde-manger que du pain rassis, du maïs en boîte et un bout de fromage ayant connu des jours meilleurs.

Fort heureusement, les courses gargantuesques qu'a ramenées Hélène sont loin d'être terminées, elles sont même à peine entamées – Fauvel réalise qu'elle n'a presque pas mangé depuis qu'elle est arrivée à Cournac. Mado se met en tête de faire une tarte à l'ail avec les fromages de chèvre (sec, demi-sec, frais) qu'elle a trouvés au frigo, emballés dans un papier paraffiné sous des monticules de provisions. Elle ne suit jamais de recette, elle se souvient de ce qu'elle a vu et goûté ailleurs et elle improvise brillamment, la plupart du temps. Elle commence à peler des gousses à la pelle.

Hannah, qui se tient devant la porte depuis un moment avec un air chagrin en attendant que quelqu'un se décide à lui ouvrir, finit par appuyer elle-même sur la poignée. Dehors il fait déjà sombre, qui sait combien de temps elles sont toutes restées en tas dans le salon à triper. Elles n'ont pas vu, ou pas voulu voir, les allées et venues des experts évoqués par les lieutenants. Pourtant, lorsque Fauvel passe la tête par l'embrasure pour s'assurer que c'est bien la nuit qui est tombée, elle constate que le jardin est propre, vide, dépeuplé, comme si rien ne s'y était jamais passé. Elle a peine à réprimer un petit frisson de doute. Et si, vraiment, elle avait tout rêvé ? Elle hasarde, en s'émerveillant de l'étrangeté de sa phrase à mesure qu'elle la prononce :

Tu te souviens des cadavres d'animaux dans le jardin ?

Pouah m'en parle pas stp, je cuisine Fauvel !

Si elles ont rêvé, elles étaient deux.

* * *

La tarte est enfournée, et Mado s'occupe de confectionner une salade en chantonnant (Fauvel s'émeut de sa facilité aimante à se couler dans les clichés), quand Hannah se met à hurler dans le jardin. On tambourine à la porte. Mado regarde son portable, regarde la porte, regarde Fauvel.

Tu crois que c'est Béryl ?

Elle s'approche avec précaution, tend l'oreille, on frappe à nouveau, avec désespoir car les aboiements d'Hannah se sont faits plus intenses, plus menaçants, et elle ouvre en grand.

Julien.

Mado a un mouvement de recul, se ressaisit, se tourne vers Fauvel l'air interrogateur, laisse entrer le chasseur. Tout ça en quelques secondes, sans qu'aucune parole soit échangée.

Julien pénètre dans la maison avec une bouffée d'air froid et humide, il a la tête basse, il regarde par en dessous tout ce qui l'entoure. Ses grosses mains battent contre ses cuisses, il a l'air penaud, effrayé par le chien peut-être. Il est toujours aussi massif, il semble encore plus imposant dans la cuisine au plafond bas.

Elle a bien failli me bouffer putain.

Il parle très fort et c'est tout ce qu'il dit. Ses paroles goguenardes se sont écoulées de sa bouche comme du magma. Mado lui sourit, un peu nerveusement, paraît bredouiller quelque chose comme : désolée ; déjà il s'est approché d'elle, avec une vitesse furtive, il est proche, très proche de sa peau, il lui parle tout bas, Fauvel n'entend rien. Dehors Hannah grogne et crie de colère.

Et sans prévenir, les voilà qui montent dans les escaliers, Mado murmure quelque chose à Fauvel que Fauvel entend mal, une fois de plus ; une sorte d'explication ou d'excuse sans doute, ils sont déjà à l'étage et Fauvel perçoit au-dessus de sa tête les lattes qui grincent, une porte qui se referme.

Il n'a suffi que de quelques mystérieuses paroles prononcées à voix basse, les simples gestes de pisteur de l'homme, pour que Mado oublie sa résolution de ne plus jamais le voir. Il l'a définitivement envoûtée. Fauvel craint le pire, que pourrait faire Mado sous le pouvoir sans limites de ce type terrifiant ? Pourquoi sont-ils montés ? Qu'est-ce qu'ils font ?

Fauvel avait oublié qu'il y eût un étage, elle n'y a encore jamais mis les pieds, passant aveugle depuis son arrivée devant l'escalier étroit qui y mène, c'est comme dans un rêve où apparaissent tout à coup des pièces secrètes, comme dans le rêve de Mado, d'ailleurs, Mado alanguie peut-être déjà au sommet de ces marches que Fauvel emprunte à présent, en prenant garde de marcher sur leurs extrémités afin qu'elles ne grincent pas, s'aidant de la rambarde dans son ascension périlleuse.

Il devait s'agir autrefois du grenier. Tout est étroit, sombre, encaissé. Les murs, les plafonds, le sol, sont en lambris foncé ; un mince couloir, qui s'arrête sur une petite fenêtre embuée clôturant l'espace, dessert deux portes fermées.

Fauvel s'approche, tout doucement, de la première. Aucun bruit. Un peu plus loin, du côté gauche, un rai de lumière filtre sous la porte.

Elle est à quatre pattes, sans trop savoir pourquoi, pour accentuer l'abjection peut-être, et l'oreille collée au mur puis sur la serrure, elle perçoit de plus en plus clairement les bruits mous et visqueux des corps qui pistonnent.

Les souffles courts et les ahanements.

Fauvel sent monter en elle quelque chose d'indescriptible, comme une morsure.

Elle veut repartir, elle sait ce qu'elle voulait savoir, ce dont elle se doutait, mais quelque chose la retient encore, la retient trop longtemps.

N'y tenant plus, elle hasarde un coup d'œil rapide, honteux par le trou de la serrure, Mado a le visage chaviré d'une sainte en extase posé sur des oreillers pelucheux d'antan ; Fauvel aperçoit autour d'elle les accessoires canoniques d'une chambre d'adolescente, elle voit vaguement le dos roide de Julien qui moutonne en appui sur ses bras très longs.

Se recroquevillant, elle entame la traversée du couloir en sens inverse, puis la descente, elle entend Mado gémir mais elle ne veut pas en savoir plus.

En bas Hannah l'attend assise alerte sur le canapé, elle suit Fauvel du regard tandis que cette dernière descend les marches une à une dans une posture de grenouille maladroite. Lorsqu'elle arrive près d'elle, Hannah lui fait une place à ses côtés. Fauvel s'allonge en chien de fusil (pas une seule pensée pour la drôlerie de la coïncidence cette fois-ci, elle se sent simplement vidée) et Hannah s'installe près d'elle, les pattes soigneusement posées parallèlement l'une à l'autre, la tête dressée et attentive vers l'étage dont ne vient plus aucun son.

T'as laissé brûler la tarte putain

lui crie Mado qui redescend en trombe, des volutes de fumée noire s'échappent du four et la font tousser ; Fauvel cligne des yeux comme si elle se réveillait. C'est vrai qu'elle ne s'est rendu compte de rien. Elle a l'impression d'émerger d'un rêve. Hannah demeure immobile et sphinxesque, ses oreilles seules pivotent d'un air interrogateur vers Mado échevelée.

Putain t'es vraiment pénible ! Elle est complètement cramée. Tu me fais chier !

Il est où ? Il est parti ?

toussote Fauvel à son tour. Mado ne répond pas tout de suite, mais finit par lui dire :

oui,

en la dévisageant.

Alors tout va bien.

Elles ouvrent les fenêtres en grand pour aérer, l'humidité froide pénètre en nappes dans la maison, pénètre leurs peaux, ça glace le sang, et elles sont obligées de se caparaçonner à nouveau à l'intérieur de portes, de vitres closes, de réchauffer le corps en se ramassant sur soi.

Où est le petit bol de lait ?

demande soudain Fauvel.

Je ne sais pas, tu l'as lavé non ? Je sais pas moi. Non, je crois pas. Mais enfin, j'étais peut-être déjà un peu défoncée quand j'ai fait la vaisselle… Non, je pense que c'est Julien qui l'a pris, Julien ! Pour sa collection morbide dans son cagibi ! Pff, mais t'y crois vraiment à ce truc ? Rappelle-toi que Michel était high, lui, si ça se trouve il a tout inventé, si ça se trouve c'était juste pour faire son intéressant auprès de toi. Franchement oui, Julien est un peu bizarre mais j'y crois pas à cette histoire, t'es en train de te monter la tête, parce que t'as décidé de pas l'aimer, parce qu'il symbolise un truc que t'aimes pas. Mais ça a rien à voir avec lui en tant que personne et tu devrais le savoir, Fauvel ! Tu fais tout le temps ça. Ça suffit maintenant ! T'es trop bornée. Faut que tu reprennes tes esprits. C'est pas parce qu'il est chasseur que c'est forcément une mauvaise personne. C'est pas parce que toi t'as été blessée qu'il faut que tu te venges sur les autres. Il a rien à voir avec ça, Julien, ok. Laisse-le un peu tranquille, il m'a dit que ton comportement le vexait vraiment, qu'il était super attristé que tu te conduises comme ça avec lui.

Ah oui, genre il a réussi à aligner plus de trois mots ? J'y crois pas une seconde.
Oh ta gueule. Tu t'es comportée comme... comme une sauvageonne. J'ai eu honte pour toi, tu sais comment tu l'as regardé quand il est entré ? Comme si t'allais le tuer !
Mais il avait rien à faire à débouler sans prévenir. C'est impossible de faire ça !
Si c'était prévu, c'était prévu. Je l'avais invité.
Mais pourquoi tu m'as rien dit ? J'étais hyper choquée de le voir. Tu sais très bien qu'il me fait flipper. Et voilà qu'il surgit dans la nuit comme ça.
Je te l'ai dit en fait, Fauvel, je te l'ai dit hein. Juste t'écoutes jamais quand on te parle. Tu fais pas gaffe aux autres, t'es jamais là, jamais, t'es toujours à divaguer dans ta tête, ça se voit quand tu commences à penser à autre chose, je suis là à te parler et tout d'un coup je sens que ton esprit s'est envolé et je peux te dire n'importe quoi et t'es plus du tout avec moi. Je te l'ai dit que Julien venait me voir
siffle Mado d'une voix vénéneuse.

Fauvel doute que ce soit vrai, mais elle ne dit rien. Mieux vaut laisser souffler la tempête. Mado sera mieux lunée plus tard – peut-être qu'elle est froissée par le départ abrupt du gars, ou par quelque chose que Fauvel aurait mal fait (la tarte par exemple). D'ailleurs, Mado s'excuse déjà, dit qu'elle n'aurait pas dû parler de manière aussi vive, ni perdre patience. Elle sait que Fauvel souffre. Mais ce n'est pas une raison pour faire des crises de jalousie, ce que Fauvel lui concède bien volontiers.

Elles mangent la salade à défaut de la tarte qui gît carbonisée au milieu du jardin où Mado l'a jetée sous l'effet de la colère. Aucune des deux n'a très faim finalement et le bref repas se déroule en silence. Fauvel s'applique à mastiquer au moins sept fois chaque feuille de roquette, les figues séchées, les échalotes, un deux trois quatre cinq six sept, pour ne pas songer au chagrin que lui a causé la colère de Mado.

Elle est tellement susceptible aux jugements portant sur sa vie sexuelle ou sentimentale, ce qui est sûrement normal, mais enfin... Purée mais quelle barbe que ce vieux man s'interpose entre nous, on était si bien toutes les deux et j'avais mon enquête. Mais est-ce qu'on était vraiment si bien ? On a peur quand même. Il se passe des choses pas normales quand même. Alors ?

Son regard vagabonde dans la cuisine pour ne pas croiser celui de Mado. Soudain la chatière retient son attention : des touffes de poils noirs coincées dans les gonds, des traces boueuses au sol, et, sur le battant, comme une cuillerée de crème, un peu de la mystérieuse mucosité.

* * *

Il est encore tôt lorsque Fauvel sort dans le jardin. Rien d'anormal, tout est en ordre. La tarte a disparu mais ça n'a rien de surprenant – l'un des habitants de la forêt sera venu la consommer, un renard, un sanglier que l'acrimonie de l'ail n'aura pas effrayé.

Les lieutenants semblent avoir disparu avec elle, et Fauvel en riant dans sa tête les souhaite dévorés eux aussi, avalés au plus profond d'un gosier féroce.

Elle a mal à la tête, mal à la nuque, l'autre œil la lance, palpite, vibre.

Elle a gardé Hannah avec elle toute la nuit, a verrouillé la chatière, nettoyé les traces d'une possible évasion de la chienne.

Elle ne sait pas exactement ce qui la pousse à vouloir la couvrir, si tant est qu'elle soit bien la coupable des tueries. Fauvel a déjà conclu que dans ce cas-là, il s'agirait d'une vengeance légitime, de justes attentats : tuer du bétail, des chiens de chasse, toute cette animalité sous contrôle, guidée avec soin dans la vie, le long de couloirs tracés pour s'enrichir par des hommes sans sollicitude ; si alors c'est Hannah qui tue et qui déchire, Fauvel ne peut que la comprendre et même célébrer son geste : montrer à ces gens ce que c'est vraiment d'être une bête, que sous ces pelages battent des cœurs furieux. Sous les poils d'Hannah fermente la plus fiévreuse des colères.

Elle souhaiterait presque que ce soit vraiment elle, parce que Fauvel aussi veut se venger, se défendre contre le monde dans lequel elle est née, et qui lui donne si souvent le désir de s'échapper n'importe où, n'importe où ailleurs.

Tandis qu'elle se dirige vers la voiture, elle reçoit un message de Luc, qui lui demande comment se passe le séjour, qui veut des précisions sur cette histoire de tueries – il est donc au courant, les louvetiers n'ont pas menti. C'est déjà le troisième message qu'il lui envoie sans réaction de sa part, il commence à s'impatienter et réclame expressément une réponse. Ton tranchant comme un petit rasoir traîné le long de la peau.

Fauvel lui laisse un message vocal à la va-vite en montant dans la voiture, Hannah à ses côtés sur le siège passager, l'assurant que tout va pour le mieux, que les louvetiers sont partis, qu'il n'y a aucun problème, absolument aucun ajoute-t-elle en riant à la fin.

Elle ne lui dit pas que sa fille est là avec elle, ni rien des événements étranges des derniers jours ; à quoi bon ? Luc est bienheureux, traînant sa carcasse quelque part au soleil, couvé par Hélène qui pousse sans doute de petits gloussements bienveillants à ses côtés, tandis qu'on leur sert un quelconque cocktail exotique au jus de fruits frais.

Lorsqu'elle arrive à Cournac, et bien qu'Hannah soit tenue en laisse, tout le monde s'écarte de leur chemin avec mauvaise grâce ; les gens ne supportent pas d'être sur le même trottoir qu'Hannah, mais détestent devoir en changer. De vieilles personnes, sorties faire leurs commissions matinales, font vaciller les sacs et filets à leurs bras, déséquilibrées par la peur, en lançant des regards pleins de ressentiment vers Fauvel.

Lorsqu'elle retrouve Mitch au café, le patron, un type au visage bulbeux, refuse de la laisser entrer avec la chienne :

Nanananan pas de chiens ici c'est interdit, voyez plutôt, c'est écrit.

Tant pis,

dit Mitch,

j'avais fini mon café de toute façon, viens, on va se promener ;

et il l'entraîne dans une rue non loin qui longe des petits jardins ouvriers blanchis par le givre, vert très pâle dans la brume, lui dit en souriant :

Elle a une sacrée réputation. En vrai les gens commencent à flipper. Il y a encore eu des animaux de tués, cette fois-ci deux chats et un poney, dans l'écurie même, tu te rends compte ? Tous éviscérés, et puis on avait retiré le vagin de la ponette.

Mais donc c'est impossible que ce soit Hannah, elle serait incapable de découper un vagin de poney ! Les gens sont complètement idiots ma parole !

Sûrement, mais bon, tu sais comment ça marche ; une fois que tu as mis une idée dans la tête des gens… Je ne sais même pas d'où elle vient, cette idée, il faudrait que je demande à ma mère quand ça a commencé. En même temps elle n'est pas bien vieille Hannah, elle a quoi, deux, trois ans ?
Quelque chose comme ça, oui.
Tu vois, elle est arrivée, ça a fait jaser, et pas si longtemps après, tout d'un coup, il se passe des choses incompréhensibles, qu'on a jamais vues ici… Comme Hannah, quoi. Donc l'amalgame est vite fait.
Mais si c'était vraiment elle ?

demande soudain Fauvel qui n'arrive pas à se faire son idée ; son idée va, vient, et virevolte, se pose comme un papillon ou n'importe quel insecte d'ailleurs sur des corps assoupis dans sa pensée, qui s'animent alors soudainement. Elle ajoute :

Si c'était vraiment elle et qu'elle avait des pouvoirs spéciaux, une intelligence nouvelle parce que c'est un clone ! Tu crois pas que ce serait possible et… et… que ce serait dingue !

Mitch rigole, pas très convaincu, peut-être un peu gêné.

Bon, tu voulais me voir pour quoi au juste ? Que me vaut l'infini plaisir de te retrouver de si bon matin, ma fleur jolie

ajoute-t-il pour faire bonne mesure en touchant la visière de sa casquette.

Je me demandais, Mitch, ce que tu savais justement sur ces tueries. Tu sais exactement depuis combien de temps elles ont lieu ?

Non, comme je t'ai dit, je crois que ça fait un an, peut-être deux. Je ne sais plus trop. C'est pas très régulier. Ma mère m'en parlait de temps à autre au téléphone mais je ne peux pas dire que j'y prêtais beaucoup attention. J'écoute pas trop quand elle me parle, j'avoue. En tout cas je me souviens que la première fois il y avait eu tout un truc, en mode, c'est les ours qui sont descendus dans la plaine, c'est les loups, on pourrit la vie des braves gens au nom d'un sauvage fictif, tu vois le genre ; et puis petit à petit certains se sont rendu compte que ça pouvait pas être un loup, ou un ours, ou rien de sauvage, que c'était quelque chose de très organisé et de probablement humain, il y a eu des échos dans les journaux, une enquête supposément, et puis on a voulu étouffer l'affaire, de peur que ça fasse des émules, quelque chose comme ça. Mais en même temps les gens restent attachés à l'idée de la bête sauvage, tu vois, style bête du Gévaudan, que ce soit juste Hannah ou toute une meute d'ailleurs. Et du coup, on sait pas trop, y en a qui disent que c'est vraiment des prédateurs, qu'on a retrouvé des traces indéniables, et d'autres qui te certifient que les blessures viennent d'un outil, enfin tu vois c'est un sacré micmac, les gens s'y retrouvent plus, les infos sont tout embrouillées, je suis sûr que tu peux demander à n'importe qui dans la rue ici et tout le monde te donnera une version différente, la version qu'il ou elle préfère, et puis quant aux garçons perdus de Julien… ils en ont encore une autre.

C'est pas vrai
susurre Fauvel qui est ravie de l'apprendre. Son intuition se confirme.

Ouais, ça t'étonnera pas qu'eux pensent que c'est les extraterrestres. Enfin, il y a deux versions qui circulent dans la bande, là aussi ça dépend à qui tu demandes, et ça dépend si tu leur parles quand ils sont seuls ou à plusieurs. Tu vois, jusqu'à présent, ils me disaient tous unanimement que c'était un coup des entités avec lesquelles ils sont en communication, qu'elles mènent des expériences sur tout ce qui est terrien, qu'elles prélèvent les organes génitaux parce qu'elle se servent de leur énergie pour voyager, ou les yeux pour accroître leurs connaissances, parce qu'elles, elles fonctionnent pas comme ça : pas de système reproductif, pas de système visuel ; elle perçoivent par la peau ou directement avec leur cerveau, enfin c'est pas très clair, et puis pour la reproduction c'est un genre de parthénogenèse totalement niqué, faudra que je te raconte un jour. Bref, selon eux c'est pour ça que c'est aussi bien fait, les incisions, les prélèvements, tout ça. Et que c'est la preuve ultime que le coin est surveillé, qu'il y a un truc spécial ici.

Mais c'est quoi ce truc spécial, pourquoi ils s'intéresseraient à Cournac ?

L'eau. C'est une eau extrêmement pure la Saint-Janvier, tu savais pas ? Je me souviens plus quelles vertus elle est censée avoir, ça m'a jamais vraiment intéressé tout ça mais voilà, c'est ce que les types de la bande à Juju avancent quand je leur pose cette question. Ils disent qu'il y a des pratiques spéciales, des organismes dans l'eau qui sont activés au contact des animaux ici, qu'ils soient humains ou pas ; que peut-être que c'est les aliens eux-mêmes qui ont apporté ces molécules lors d'une visite précédente et que là ils viennent récolter ce qu'ils ont semé. Ils sont pas clairs quand je leur demande si c'est quelque chose de positif ou pas, si c'est des organismes dangereux ou bénéfiques. D'ailleurs il faudrait peut-être que je m'y penche, mais à mon avis la vérité est ailleurs. Parce que si tu creuses un peu avec eux, ils vont finir, s'ils sont tout seuls, par te dire que c'est peut-être, et ils disent bien peut-être, ils le soulignent encore et encore, bref, ils vont te dire que ce massacre, c'est peut-être un rituel pour les faire revenir, justement les aliens. Parce que quand tu les écoutes, au début, t'as l'impression qu'ils sont en contact permanent avec eux – ils font tous ça. Leur credo c'est d'affirmer qu'ils sont en communication H vingt-quatre avec l'au-delà. Mais quand tu creuses un peu, quand tu as gagné leur confiance, ils vont te laisser entendre qu'en réalité ils sont pas si sûrs de quoi que ce soit, et qu'ils ont perdu le lien, qu'ils ne savent plus comment faire pour le retrouver. Et que ces tueries, c'est pour tenter de les recontacter, pour tenter de les appâter avec le sang, parce qu'ils sont assoiffés, fascinés par le sang. Mais ils disent pas, ils disent pas par exemple si c'est l'un des leurs, ou quelqu'un d'autre ou même un animal, un non-humain qui fait des rituels. Ce serait possible, ça aussi.

Fauvel souffle :

Ooooooh.

Mais c'est pas tout. Je viens de tomber sur des sources trop intéressantes dans les archives locales. T'as déjà entendu parler des chasses sauvages ? C'est une vieille croyance, apparemment ça existait à peu près partout en Europe, mais ici c'était très fort, l'idée que certaines nuits d'hiver, il y avait des armées de chasseurs maudits, morts, qui passaient par-dessus les maisons, que ça faisait un boucan pas possible, que tout le monde était terrifié : y avait quand même une armée d'esprits démoniaques qui circulait dans le ciel. Et puis en même temps ça avait à voir avec la fertilité, genre les morts revenaient à ce moment-là mais fallait leur faire des offrandes pour qu'en été la récolte soit bonne. Comme du lait, des petits pichets de bière, ou même du bétail qu'on leur sacrifiait en le laissant dehors ces nuits-là, alors qu'il fallait enfermer tout le reste à double tour ; et d'ailleurs, et c'est là que ça devient vraiment ouf, il y avait tout un truc aussi avec des quartiers de viande sanguinolents qui tombaient du ciel ces nuits-là. Enfin tu vois, ça ressemble quand même un peu à leur délire, là, de créatures surnaturelles qui contrôlent un truc lié au renouvellement des forces vitales, qu'il faut contenter par le sacrifice, et qui tournoient dans le ciel.

Et donc quoi, tu crois que les membres de la chasse sauvage c'était des extraterrestres depuis le début en fait ? Ou bien que c'est les chasseurs sauvages qui tuent les animaux ?

Euh non... Plutôt que c'est une résurgence d'un mythe local sous des formes nouvelles, que c'est comme une source souterraine qui irrigue la pensée ici, et que ça a pris une forme plus adaptée à la psyché contemporaine, un truc un peu technologique en plus du mysticisme, pour réapparaître. Tu sais, le plus marrant c'est qu'il y a une légère variante dans la version locale, où certains vivants pouvaient rejoindre la chasse sauvage en se dédoublant, par le rêve, ambiance voyage chamanique, tu vois. Comme les mecs d'ici en fait : la nuit, parfois, ils rejoignent la chasse sauvage, cette compagnie de fantômes sanguinaires, un peu borderline niveau sexualité, qui les accueillent, les torturent, les font voyager, veillent à la santé des lieux, sur terre. C'est vraiment intéressant de voir comment l'expérience hyper nouvelle qu'ils ont l'impression de vivre est en réalité nourrie par un truc qui a des centaines d'années, peut-être des milliers.

Ok

dit Fauvel.

C'est sûr, c'est intéressant.

Elle se tait un moment, attend qu'Hannah, qu'elle a libérée de sa laisse, revienne à elle du bout de la ruelle, les yeux dans les yeux dans un mouvement ondulant.

Elle songe au bol de lait que Mado l'enfant du pays a laissé spontanément sur le pas de la porte, d'un air de défi, pour apaiser les forces obscures, attirer des faveurs, ou juste par devoir d'hospitalité.

Mais,

ajoute-t-elle,

ça explique quand même pas cette histoire de tueries d'animaux. On peut supposer que leur imagination se soit raccrochée à cette idée autant qu'à celle de la chasse des morts, ou même des aliens, mais au fond ça explique pas qui tue les animaux, parce que malgré tout y a des animaux tués, et moi c'est ça qui me taraude.

Mais on sait qui c'est, ce sont les loups, ou l'ours, enfin des vraies bêtes sauvages.

Bon, mais qui les mutile alors, si tu préfères.

Ça, c'est une autre histoire.

Peut-être, mais c'est l'histoire qui m'intéresse.

Comme ils approchent à nouveau du centre du village, Fauvel se penche vers Hannah pour clipser la laisse sur son collier, en lui demandant pardon par l'esprit, quel enfer de devoir attacher un être vivant, frémit-elle, et il lui semble qu'Hannah cligne des yeux comme pour l'excuser.

C'est quand même dingue comment tu as réussi à la dompter, cette chienne. Tu sais que vraiment tout le monde la craint ici ? Même ma mère, quand elle a su que j'étais venu chez toi – enfin, chez Hannah – elle a balisé, genre elle voulait savoir si la chienne était bien enfermée, si elle ne m'avait pas attaqué, si j'avais pas eu peur. Les gens se figurent que c'est vraiment une tueuse, et puis je pense que c'est parce qu'elle avait effectivement un truc ingérable, mais avec toi c'est différent.

Je crois,
déclare Fauvel,
que c'est parce que je l'ai séparée d'un teckel avec qui elle se battait. Ou parce que je l'ai soignée quand elle allait mal, enfin que j'ai fait attention à elle peut-être comme personne l'avait fait. Ou bien c'est peut-être juste qu'on s'entend bien, tu sais y a des gens comme ça. Les affinités électives. Nous par exemple, toi et moi, au début je t'ai détesté, quand je t'ai vu de loin, mais dès qu'on s'est parlé je me suis mise à t'apprécier et maintenant je ne peux pas m'imaginer ne pas t'aimer. Tu es une amitié évidente.

Michel se serre contre elle en soupirant. Lui il l'a toujours aimée, il a tout de suite su qu'elle deviendrait son amie, même s'il ne dit rien, il espère que Fauvel le comprendra à la pression de ses doigts sur son bras.

Fauvel, soudain :
Et qu'est-ce qu'ils pensent de Julien, ces autres chasseurs, ses garçons perdus ?
Ce qu'ils pensent de Julien ? Ils en disent beaucoup de bien : c'est un bon chasseur, un bon gars. Il est extrêmement charismatique, il les a tous un peu séduits je crois. Certains des membres du groupe c'était des collègues, des gens dont il était le supérieur direct, avec qui il a noué des liens spéciaux. Ils sont très fiers de l'avoir initié à la chasse, apparemment il est vraiment bon. Ça fait pas longtemps qu'il a commencé – par rapport à eux, qui chassent souvent depuis l'enfance – mais il est doué, même s'il est aussi

impétueux, un peu trop peut-être. Lorsqu'ils parlent de lui, c'est toujours ça qui revient. Son côté entier, ingérable, ça se traduit jusque dans les expériences paranormales qu'ils font, où ils reconnaissent tous que les transports de Julien sont plus forts, plus fous que les leurs. Et souvent, à demi-mot, ils ramènent ça à sa plus grande vigueur sexuelle, à sa virilité méga-intense – eux ce sont des types plutôt lambda si tu les écoutes, la plupart sont casés, certains ont des enfants, ils commencent à mener la vie de leurs parents, un truc un peu pépère, ils sont propriétaires, ils épargnent. Mais Julien lui, il est un peu plus âgé qu'eux, il s'est pas posé, on lui connaît des dizaines de relations et de flirts, c'est un tombeur, une sorte de Don Juan local avec tout le cynisme et la cruauté désespérée que ça suppose. Il y a tout un truc d'affirmation du genre, de la masculinité à l'œuvre dans ce groupe – qui est déjà présente dans la pratique de la chasse, c'est sûr, mais qui est accentuée par le côté confrérie de leur bande à eux.
À sa manière, Julien c'est comme un être légendaire ici. Il multiplie les frasques, il est souvent ivre ou défoncé, et alors il entraîne même les plus timorés avec lui pour des énormes fêtes qui durent des jours.
Par exemple, ils sont plusieurs à m'avoir raconté comment pendant tout un week-end l'hiver dernier, au moment de la Saint-Sylvestre, ou juste après, ils ont déambulé pendant des heures dans le coin, d'abord à Cournac et puis de plus en plus loin, avec des enceintes qui passaient du

gros son, tous prodés, à moitié déguisés, avec des masques ; dans leurs voitures ou à pied, et ils allaient chez les gens, ils s'introduisaient chez eux qu'ils soient invités ou non, ils essayaient d'engrainer tout le monde, certains des types m'ont raconté que c'était un peu flippant, qu'ils sentaient que ça pouvait vraiment déraper à n'importe quel moment ; qu'il y avait de la bagarre, du viol dans l'air, ils m'ont dit ça comme ça ; que Julien était incontrôlable, qu'il cherchait vraiment des noises, qu'il se mettait à essayer de danser avec des meufs qui avaient pas envie, certains m'ont dit qu'il s'était même mis à les peloter, là dans leur maison ; mais ils repartaient toujours vite, en bande, ils restaient jamais au même endroit très longtemps, il fallait continuer à bouger, à tournoyer partout, que la fête stagne jamais, qu'elle s'arrête pas du tout. Certains m'ont dit qu'ils ciblaient des gens en particulier, d'autres pas. L'idée c'était de créer de l'inquiétude, une menace. Ils avaient tous l'air de dire que ça avait aussi un lien avec leurs voyages dans l'espace, mais j'ai toujours pas réussi à comprendre en quoi, ils sont très évasifs là-dessus. Peut-être juste le mouvement hors de soi, une qualité d'expérience analogue. La fête, la cruauté, la recherche de justice, l'émeute, tout émerge du même désir : celui d'échapper à ce qu'est, à l'instant présent, l'expérience du monde.

Mais j'aurai certainement plus de choses à te raconter demain, ils m'ont invité à aller à la chasse avec eux.

Aller à la chasse avec eux, quelle drôle d'idée se dit Fauvel en remontant dans la voiture. Hannah à ses côtés halète plaisamment. À ce moment, elle réalise que jusque-là, elle avait (comme par hasard) oublié les révélations de Mado : que Julien, que quelques autres dans cette bande avaient organisé une grève sauvage, qu'ils avaient fait les Gilets jaunes, qu'elle et eux avaient combattu côte à côte quelque temps auparavant, qu'ils avaient ressenti dans des à-coups traversant les foules les mêmes excitations, les mêmes peurs, les mêmes rages ; qu'ils avaient été matés par les mêmes armes, avaient subi la même lâcheté, qu'ils étaient des camarades vaincus.

* * *

J'ai la chatte en feu

grogne Mado.

Je crois que j'ai chopé une vaginite ou un truc comme ça. Mais la bonne nouvelle,

gazouille-t-elle du coq-à-l'âne,

c'est que Béryl m'a répondu ! T'y crois ? Moi j'y crois pas !

Ah bon ? Qu'est-ce qu'elle te dit ?

En substance que ça va pas. Les conditions là-bas sont abominables, ils sont traités comme des chiens. Ils doivent travailler super dur toute la journée sans être payés. Les légumes qu'ils produisent sont vendus en mode amap, eux ils peuvent pas les manger, et ils touchent rien dessus. Ils mangent du bouillon protéiné ou un truc comme ça. En plus on leur met sans cesse la pression pour qu'ils se prennent la tête sur des questions idéologiques. S'ils essayent de faire fonctionner leurs

relations et de travailler tous ensemble, ils se font disputer par la prod.
Elle t'a dit tout ça par message ?
Ouais, on a discuté un petit moment. Elle m'a dit qu'elle avait caché son téléphone dans un tronc d'arbre creux, et que tous les autres participants ou presque ont aussi réussi à faire passer le leur clandestinement et à le cacher, ou alors à en faire passer un par les nouveaux arrivants. On sait pas du tout ce qu'il se passe lorsque les gens se font éliminer du jeu, ils reviennent pas dans leur vie civile askip. Tamara, que Béryl a remplacée, en fait elle s'est enfuie, elle organise un réseau de résistance, mais elle est recherchée par la police si j'ai bien compris. C'est un délire.

Fauvel est dubitative. Mado, sa chère Mado, l'innocence même, a toujours eu une tendance prononcée, bien que toute pardonnable, à la mythomanie, ou tout du moins à l'exagération. En bien des occasions, Fauvel s'est retrouvée à gober de prodigieux bobards sans sourciller, avant de se rendre compte quelque temps plus tard – un jour, un mois, un an – que Mado avait échafaudé toute une histoire sur la base quelque peu branlante d'une anecdote quelconque, qu'elle avait peut-être vécue mais plus certainement simplement entendue. On pouvait généralement la piéger, si l'on souhaitait s'offrir un moment de beau sport, sur des détails qu'elle ne prenait pas la peine de mémoriser lorsqu'elle déroulait hors d'haleine sa nouvelle aventure. Ainsi, après avoir un temps douté de l'existence même de cette fameuse Béryl, Fauvel rendue à l'évidence télévisée, ne croit guère, à présent, en la réalité des liens qui l'unissent à Mado.

Si ça se trouve, elle l'a juste croisée à une soirée. Il faudrait que je lui demande dans quelle espèce d'arbre elle cache son portable et comment elle fait pour le charger ou avec lequel de ses ex elle sortait soi-disant auparavant,

se dit Fauvel en se remémorant de sapides occasions où Mado avait été confondue par la nature d'un sandwich (qui avait été garni de thon puis d'un camembert particulièrement dur et sec, à la faveur de la poursuite du récit) ou par le statut de la personne avec qui elle s'était retrouvée coincée pendant quarante-huit heures dans un ascenseur (qui était passée de professeur de droit émérite à pompier volontaire, lors d'un épisode particulièrement alambiqué).

Non non non,

bredouillait alors Mado en faisant un sourire d'une extravagante candeur,

c'est que oui, il était pompier volontaire en plus d'être prof, enfin avant sa retraite en fait, donc là il n'était ni l'un ni l'autre finalement,

pirouettait-elle éperdument, avant d'ajouter :

Enfin ça ne va pas l'empêcher de boire ma pisse.

Ainsi Béryl a semblé suspecte aux yeux de Fauvel depuis le début, de nature fabuleuse et phantasmatique, peu incarnée, ou bien lointainement. Quant à ces histoires de participants fugitifs, elle n'y accorde aucun crédit. Fauvel décide donc, plutôt que de l'encourager dans son travers, de lui raconter les révélations de Mich-Mich sur les équipées de son amant.

C'est pas mon amant.

C'est pas la question, il est rentré chez des meufs, en bande, pour les agresser sexuellement.

Non mais je sais, je sais, t'as raison, il faut vraiment que j'arrête de le voir. Je suis désolée pour l'autre soir, de te l'avoir imposé tout d'un coup – en fait je me souviens plus si je t'ai vraiment dit qu'il venait ou si je me suis dit qu'il fallait que je te le dise et que je l'ai pas fait parce que j'osais pas. J'arrive vraiment pas à me souvenir... Je te l'ai pas dit, hein ?

Je sais pas, j'ai peut-être oublié aussi

concède élégamment Fauvel.

Mais je veux plus qu'il revienne, Mado. Il ne faut pas qu'il revienne.

Il te fait peur à ce point-là ?

Pas à toi ?

Pas vraiment... Enfin si, enfin je sais pas, je le trouve moins charmant qu'au début, ou moins amusant. Ça c'est sûr. Y a un truc pas net. Dans sa manière de se comporter, dans ce qu'il dégage. Et en fin de compte sa façon de baiser, elle n'a rien de dingue. Enfin ça je le savais déjà, mais en fait il est vraiment juste nul au pieu, je sais pas pourquoi je trouvais ça drôle avant. Mais il m'attire quand même, va comprendre.

Par-devers elle, Fauvel se dit :

T'avais l'air de trouver ça ni drôle ni nul, là-haut.

Mais ne prononce rien à voix haute. Elle repense aux bruits qu'elle a entendus, succions, coups mous, halètements gluants et de plus en plus frénétiques. Elle aurait préféré ne jamais avoir vu son amie avec ce visage lâche, ni l'avoir entendue braire comme une âme en peine.

Au fond, peut-être bien qu'il me fait peur aussi

reprend Mado.

J'ai encore entendu les chasseurs toute la matinée dans le bois, tellement insupportable. Pour kiffer ça, faut quand même avoir un pète au casque, non ? Bref, Julien, je le sens pas. Et tu me connais, moi les gens, quand je les sens pas…

rit-elle. Fauvel se marre également. Il est bien connu que Mado se méprend toujours quand il s'agit de se faire un avis sur qui que ce soit, elle adule les salauds, et ne professe qu'une indifférence nonchalante à l'égard de qui que ce soit de plus recommandable : les gens ordinaires sont mous, ennuyeux, hypocrites, dira-t-elle dans ses moments les plus pessimistes, qui du reste ne durent jamais très longtemps.

Quoi qu'il en soit il m'a filé une mycose de bâtard. Je vais nous faire une bonne petite soupe de champignons ce soir !

Oh Mado

hurle Fauvel en rigolant, tandis qu'Hannah, à propos, fourre sa truffe dans les fesses d'icelle.

C'est le lendemain, en début d'après-midi, qu'elles apprennent la nouvelle.

Elles ont marché jusqu'à Cournac, la chienne galopant devant elles. Le brouillard était un peu moins épais que d'ordinaire et le soleil perçait même ici ou là. Longues fines hampes de gouttelettes, errantes, déposées sur les cheveux et les mains, lumières mouvantes sur les vertèbres canines.

Leurs pas ont claqué humidement sur le goudron, résonnant contre les arbres et les haies. La campagne était très silencieuse. La route n'était pas si longue mais elles se sont senties revigorées en atteignant Cournac les joues rougies.

Hannah tenue raisonnablement en laisse, elles sont entrées dans la ville, presque triomphantes, sans raison particulière. Mado veut s'acheter à tout hasard un antifongique en pharmacie

Ça m'arrive souvent, je suis sûre que c'est juste une mycose

explique-t-elle à Fauvel qui, dubitative, l'a entendue se gratter l'entrejambe et maugréer toute la nuit, qu'elles ont passée cette fois dans la chambre d'enfance de Mado, au milieu de posters, de dessins et de bibelots infamants mais *cute*. Avant de dormir elles ont essayé diverses tenues d'adolescence de Mado, baggies, tuniques psychédéliques, futals pattes d'eph et tee-shirts de skate.

C'était comment de grandir ici ?

lui a demandé Fauvel.

Je sais plus, j'étais tout le temps défoncée
a répondu Mado en tirant sur son joint.
J'imagine que c'était pas ouf, donc.
Jusqu'à mes treize ou quatorze ans max c'était pas mal, j'étais souvent dehors à courir dans les bois, mais après je me suis beaucoup ennuyée je crois. Je sais pas si c'était à cause du pétard, ou l'inverse, enfin l'œuf ou la poule, quoi. J'étais bien contente de partir dès que j'ai pu. Mais je suis contente d'être ici avec toi, maintenant
a-t-elle ajouté en nouant sur le crâne de Fauvel un foulard de soie lavande, dont les franges nattées lui tombent sur les yeux.

La modeste chambre de pin qui s'ambre à la lumière des lampes a recueilli comme dans une petite grotte les amies. Elles se sont endormies côte à côte sur le lit étroit dans des réminiscences de camaraderie pubescente et je ne sais pas de quoi elles ont rêvé cette nuit-là.

Mais le jour suivant apporte son lot de réalités cauchemardesques : en ressortant de la pharmacie, Mado a dans la main la boîte d'onguent et au visage l'expression bouleversée de qui a entendu un scoop accablant :
Michel… Ils ont tué Michel
balbutie-t-elle en agrippant Fauvel par le bras, et ce geste, celui que Mitch a eu pour elle juste la veille, cette même manche qui s'est froissée dans le pli du coude droit exactement, sous des doigts différents et à présent sans vie, terrifie Fauvel.

Elle ne dit rien, ne demande pas ce qu'il s'est passé : elle sait. La chasse, les armes à feu, Julien. Ce n'est que trop évident. Il a dû avoir un accès de folie sanguinaire. Il l'a sacrifié pour faire revenir les aliens, il l'a immolé sur l'autel du délire. Elle vacille un peu, elle voit des regards en coin que lui jettent des dames qui sortent de la pharmacie, elle pense à l'aspect de son visage blessé, elle sent son œil brûler dans son orbite, elle le sent visé par ces regards, l'œil de poisson mort qui se liquéfie dans sa joue rougie par les cicatrices, œil qui coule de façon impromptue, qui ne reflète qu'amati le monde, et cet œil lui revient comme une marque d'infamie.

Elle parvient à ne penser qu'à elle et à sa propre déchéance physique, pour ne pas penser au corps de Mitch.

Quand, ce matin ?

finit-elle par articuler faute de mieux, car il faut dire quelque chose, après tout. Elle n'arrive pas à respirer.

Oui… Oui…

Mado l'entraîne plus loin, sur un banc près du monument aux morts (car en plus d'être terriblement à propos, c'est l'assise la plus proche de la pharmacie), elle dit très vite

Je vais aller trouver d'autres informations, bouge pas de là ; je… je suis pas sûre d'avoir tout compris,

et elle disparaît dans le brouillard en direction du bistrot, laissant Fauvel sur le banc. Fauvel ne pense strictement rien, laisse s'écraser la nouvelle tout autour d'elle, sent la course froide de la transpiration le long de ses côtes grelottantes, se sent haleter, se sent prisonnière de la panique, incapable de bouger ses orteils glacés dans ses chaussures, incapable de bouger son petit doigt qui gît dans sa poche, entouré de mouchoirs usagés, de quelques pièces piégées dans la doublure, d'une poussière grasse, indéfinie, de son téléphone si dur et si réel contre sa peau liquide.

Mado revient en galopant, son écharpe vole derrière elle, Fauvel au prix d'un effort surhumain lève sa main pour la passer sur son front, pour ne pas la regarder.

Elle crie quelque chose que Fauvel ne distingue pas, Mado est là tout près et la serre dans ses bras, murmure dans son oreille des mots qui lentement cessent de vaciller et se stabilisent :

Juste blessé… hôpital… Il va s'en sortir… Il est vivant, bien vivant…

Fauvel laisse retomber la main sur ses yeux, se les frotte, douleur molle à l'œil gauche, le derme est sensible, ok, vivant, blessé. Elle ne sait pas exactement : quoi faire, comment réagir. Elle est encore sous le choc. Hannah est auprès d'elle aussi, la tête appuyée contre sa jambe, depuis combien de temps ? Et Fauvel sent la grande vague d'amour monter en elle. Sent la queue d'Hannah qui bat et remue l'air, la fouette au passage de temps à autre.

Elles se lèvent, Hannah se secoue dans un grelottement de chaînes, et toutes les trois prennent le chemin du retour, marchant vite, débattant, pour ce qui est de Mado et Fauvel (Hannah quant à elle est infiniment attentive à toutes les ombres et à toutes les odeurs qui s'offrent à elle sur la route et ses alentours, et n'écoute rien de leur conversation), de l'opportunité d'écrire à Mitch, juste un court message pour lui dire qu'elles sont au courant et qu'elles pensent à lui ; mais si oui, comment, car :

on espère que ça va

est désespérément euphémique, mais :

on est heureuses que tu sois vivant

serait trop théâtral, et puis ne risquent-elles pas de le fatiguer en lui écrivant et en exigeant une réponse de sa part ? Il faudrait, se disent-elles en hâtant le pas, réussir à créer avec lui un pont de communication télépathique, *via* lequel elles le distrairaient de sa souffrance en lui chantant tout bas des berceuses ou des refrains amusants, lui enverraient de la lumière mentale de guérison, un concept qu'elles improvisent de but en blanc mais qui convient en tout point, décident-elles, à la situation, et qu'elles s'appliquent dès lors à transmettre au pauvre Michel, minuscule et frêle dans un immense lit d'hôpital, souffrant beaucoup de la balle qu'il a reçue (apprennent-elles sur le site Internet du journal local) dans la jambe, de façon tout à fait accidentelle, précise anonymement l'un des chasseurs, sans doute quelqu'un dans la troupe aurait trébuché, on ne sait même pas vraiment d'où est parti le coup. L'enquête est en cours, conclut la brève.

Fauvel en profite pour taper

animaux tués mystère

dans la barre de recherche de son navigateur, à propos de quoi elle découvre une série de publications dont elle ne peut lire que les quelques premiers mots, car dès la deuxième ligne, si l'on ne verse pas son écot, les lettres s'effacent petit à petit dans la brume numérique, jusqu'à disparaître tout à fait, devenues invisibles, une piste possible avec. Fauvel ne va tout de même pas payer pour lire des articles mal rédigés. Elle ferme les onglets. Comment résoudre ce mystère si la clé n'est pas gratuitement à disposition sur Internet ?

Voilà bien une difficulté supplémentaire à laquelle je ne m'attendais pas,

bougonne-t-elle bonhomme.

Mais au fond, est-ce vraiment un mystère ? Ou est-ce un mystère dont pourraient parler les journaux sans risquer de verser dans un univers impossible pour eux ? La solution est ailleurs. Je me trompe si je la cherche du côté du langage commun et de la raison. C'est parce que je suis impossiblement irrationnelle que je peux comprendre de quoi il retourne ici.

Elle écrit tout en menant ces réflexions le message parfait à destination de Mitch, le seul message qui vaille :

Quand est-ce que je peux venir te voir ?

et se roule un zder en attendant qu'il lui réponde.

Elle ferme les yeux et laisse la fumée lui emplir tout le corps, panser les plaies, l'exciter juste à la pointe d'une légère tachycardie, le palpitant douloureux mais déplié en étages apaisants, qui l'emmènent jusqu'au plus profond souterrain de la pensée. Aux tréfonds.

À présent elle marche dans la forêt, l'eau affleure partout – la terre trop humide pour la contenir – et ses pieds s'enfoncent à chaque pas, bruit de succion sous les semelles, la boue s'accroche et alourdit les jambes qui menacent de s'enraciner, de devenir tout à fait végétales, d'entraîner le corps dans des métamorphoses imprévues. Si Fauvel se faisait arbuste, buisson, que verrait-elle de caché ? Elle secoue ses mains comme des branchettes dans un crissement articulaire de fagots qui résonne dans la forêt, contre l'air gris, transparent.

Il n'y a pas de traces au sol, juste les feuilles mortes, des mottes onduleuses laissées çà et là par des lombrics dans les zones moins imbibées, les flaques qui clapotent sous le souffle des foulées, elle ne suit pas une piste, elle ne suit pas quelqu'un ou quelque chose, elle avance dans le paysage qui avec la lenteur des choses secrètes et vieilles vient à sa rencontre, étend ses longs membres terreux, feuillus, ronds comme des pierres, comme les pelouses calcaires qui attendent plus loin, à flanc de coteau là-bas où le monde change.

Sa marche est patiente, elle élabore des hypothèses dans le paysage de ses rêves, elle se donne la capacité de se défaire dans le songe, de se résoudre dans l'expiration comme l'inspiration l'a dissoute. Dans les buissons ou dans ses mains qui s'ouvrent sous son regard, elle aperçoit des formes et des visages. Mais il faudrait qu'elle avance plus encore pour les distinguer car ils reculent sans cesse, juste hors d'atteinte, des échos encore et non la source.

* * *

C'est marrant, je me souviens presque plus de comment c'est arrivé ; enfin de ce qui est arrivé juste avant, tout juste avant, ce qui pourrait expliquer que je me sois retrouvé avec une balle tirée dans le pied – ironique n'est-ce pas ?

(Il insiste sur la fin, sur le n'est-ce pas, qui prend alors une forme étrangement chic dans la bouche moqueuse de Mitch.)

Tu te souviens, toi, de comment tu as perdu ton œil ?

Fauvel acquiesce. La formulation de Michel la fait sourire, pas tout à fait amèrement ; comme si elle avait égaré son œil un jour de grand vent ou d'étourderie, elle le voit rouler aux pieds de l'assemblée, le voit entre les jambes de tous ceux qui étaient là autour d'elle, entre quoi chute son œil, son œil chéri ; les talons plus ou moins hauts, les mollets plus ou moins rebondis, les poils, les mollesses des semelles de sneakers, le goudron chaud, dur, plein de petits graviers qui picotent et collent au globe encore miraculeusement innervé.

Cependant, oui, elle se souvient de tout, la cohue, le sang, la douleur qui cascade de son orbite, de l'os fracturé vers tout le reste de son corps. Jusqu'au bout de ses doigts, jusqu'aux muscles suraux, durs, tremblants, brisés sous l'électricité de la souffrance, la peur, la peur soudaine de mourir, ses jambes qui la portent encore sans qu'elle comprenne comment, la béance soudaine de l'univers autour de son crâne, autour de son corps hors d'haleine.

Et avant, aussi, le moment où tout était encore normal, le dernier instant de normalité de sa vie, et la seconde d'après, explosive, définitive, mourant des semaines et des mois plus tard, encore, dans les nerfs à vif de son visage, dans les sinuosités chimiques qui coursent dans tout son corps, dans son cerveau, et qui relancent la panique, sans raison, dépliant les émotions qui la submergent comme une eau vive sur une étrangère, comme si son corps était à la fois celui d'une autre et le sien propre, replié dans les contingences malheureuses de peau, et encore celui de l'univers entier dans lequel elle vit, palpitant.

Michel attend qu'elle réponde, qu'elle dise quelque chose, qu'elle développe, Michel dans la souffrance est loin de vouloir tirer à lui la méchante couverture, est prêt au contraire à l'étaler libéralement, à raccommoder sur le tissu de sa douleur toutes les douleurs d'autrui. Mais Fauvel s'est contentée de hocher la tête, oui oui, elle se le rappelle ; Mitch alors poursuit.

Donc moi je ne sais plus la succession des événements, vraiment, j'étais pas réveillé, ça se passe à des heures inhumaines ces trucs, tu sais, des heures absurdes, mais comme j'étais l'invité je ne pouvais pas facilement réclamer que l'on décale à neuf heures du mat' minimum.

Bref, j'étais mal en point, Julien était passé me chercher à je sais même plus quand, genre six heures si ça se trouve. Je sais pas pourquoi ils ont besoin de commencer aussi tôt, ça rime à rien. Dans son gros pick-up avec ses chiens qui hurlent à la mort derrière, dans les cages. Il m'a dit qu'ils avaient faim, qu'il les avait affamés pour la chasse ; je les entendais même par-dessus le moteur. C'était horrible. J'avais la haine qu'il fasse à moitié mourir de faim ses chiens pour tuer d'autres animaux, je me disais, alors que j'étais encore tout endormi : mais quel salaud. Je me demandais si je me rendais complice en montant dans sa voiture, en m'intéressant à lui. Julien était dans un drôle d'état, hyper nerveux, à pas me regarder en face, à taper des pointes d'accélération sans raison alors qu'il y avait ce brouillard à couper au couteau, j'avais l'impression qu'il tremblait mais je sais pas si c'était les vibrations de la voiture ou bien si c'était lui, vraiment, sa chair quoi ; et puis pâle, pâle comme la mort dans l'habitacle, il faisait peur à voir.

Michel se tait, ménage son effet. De toute évidence et malgré tout, il prend plaisir à s'écouter raconter sa propre histoire, son rendez-vous manqué avec la fin, il a ce sourire à moitié idiot des autosatisfaits que peuvent avoir parfois certains malades ou blessés ; sa voix est du miel à ses propres oreilles, il se célèbre rescapé d'un vrai malheur possible, heureusement, béatement épargné. Il ricane même un petit peu sous cape.

Fauvel ne lui en veut pas de se la péter, elle comprend même assez bien, la peur a des effets divers et sans doute qu'un type de réaction ne vaut pas mieux qu'un autre. D'ailleurs elle aurait probablement préféré ressentir le bonheur étourdi de Michel plutôt que le marasme imbécile dans lequel son propre accident l'a plongée.

> *Bon anyway, on arrive, le truc commence, ils sont tous là à se mettre en position avec le foutu brouillard, on y voit quasi rien, mais il commence à faire plus clair petit à petit.*
> *Je suis tout seul, enfin non, pas vraiment, on m'a posté avec un type qui est un peu plus loin, un mec avec qui j'ai déjà fait un entretien, tout au début, un de mes premiers, il avait été un peu méfiant, il était pas au collège avec nous, donc pour lui je voulais rien dire, j'étais juste un mec sorti de nulle part qui venait lui poser des questions super intimes. Il avait pas compris que j'étais pas une menace.*
> *Bon, et là c'est très chiant, il se passe rien mais strictement rien, je sais pas pourquoi ils sont sortis dans ce brouillard, faut être teubé on y*

voyait pas à cinq mètres, les chiens sentaient rien, ils devaient avoir la truffe comme dans de la ouate, enfin j'imagine.
Et le bonhomme, Guillaume, ça avait pas l'air de le déranger de faire le pied de grue dans la purée de pois, ambiance moine bouddhiste, le mec avait l'air d'être tout à fait méditatif. Mais moi ça me gonflait, ça me gonfle ce genre de truc. Donc je commençais à me dire que j'allais faire un tour, pour ce que ça changeait ; je comprenais même pas pourquoi ils m'avaient invité, ils me prêtaient pas attention, on m'avait même pas, je sais pas, filé un talkie, encore moins un fusil, je me suis même dit qu'ils m'avaient invité juste pour m'humilier, pour me montrer que malgré tout j'étais pas l'un des leurs, que je le serais jamais.
Tu vois, personne s'intéressait à moi, quand on est arrivés avec Julien et ses chiens morts de faim, ils ont parlé technique, je sais que j'aurais dû écouter, prendre des notes, quelque chose du genre pour mon enquête, quoi, mais j'arrivais pas à m'y intéresser non plus et puis j'étais trop fatigué, pas réveillé, et puis avec le froid qu'il faisait, impossible de me sortir du coaltar.
Je te dis, rester planté comme un piquet à côté d'un mec qui me calculait pas, c'est bon, j'ai déjà donné. J'ai passé dix-huit ans dans ce bled de merde à être invisible, et voilà que ces connards m'y replongeaient.
Donc je pars, discrétos, je me mets à marcher, à me promener.

Toi et tes promenades
interjette doucement Fauvel.
Je sais !
glousse Mitch.
Je suis trop curieux, qu'est-ce que tu veux. Ça va finir par me jouer des tours.

Il fait un clin d'œil à Fauvel. Implique : c'est trop tard, c'est déjà fait. Le tour est joué.

Je vois rien, je sais pas où je vais, et puis de savoir que je pourrais me prendre une balle à n'importe quel moment c'est grisant, c'était un moment de pure folie, d'être à la merci, d'être totalement à leur merci.

Il bat des cils, qu'il a courts, trapus, comme le reste de son corps. Des cils d'enfant rustre. Ses yeux entourés de cernes lavande tirant sur le noir, sa peau d'une pâleur d'outre-tombe. Dans son lit d'hôpital, Mitch a des allures de fantôme. Fauvel serre un peu plus fort sa main en tapinois, pour s'assurer de sa substance ; est-il vraiment vivant, au fond ? Mitch peut-être dès le début a été une apparition, un elfe propitiateur la guidant vers sa proie.

La suite se bouscule contre ses lèvres blanchies (il a, paraît-il, perdu beaucoup de sang, on a cru son artère touchée, au début, dans la forêt) : marcher, marcher entre les arbres, s'amuser du crissement de ses pas dans le grand silence, trottiner, gambader, puis carrément courir, pris d'une folie du sang, le désir galopant d'éprouver contre tout son corps le mouvement de l'air dans la lourdeur oppressante de l'aube. Ça l'avait pris à la gorge, ce désir, il avait senti que là-dedans se lovait une chose venue de très loin, à mi-chemin entre des jeux de course enfantins et les premiers pas sur la terre ferme, en des temps révolus, très anciens, d'un poiscaille aux allures d'antilope, une juvénilité oubliée.

Et là, soudain et comme une punition, paf, ou plutôt : bang, son pied lui avait paru tout bonnement exploser, et son premier réflexe, la première pensée qui lui était venue était : heureusement que ce n'était que mon pied, je peux vivre sans mon pied.

La suite n'avait que peu d'intérêt. La panique dans son cœur puis autour de lui, après qu'on se fut rendu compte qu'il avait été blessé. L'agitation au milieu de laquelle il avait perdu connaissance, avant de se réveiller à l'hôpital. On l'avait héliporté, déplore-t-il, sans qu'il s'en soit rendu compte, sans qu'il se réveille. Il s'imagine voguant au-dessus de la mer de nuages, inconscient, se vidant de son sang par son pied blessé, veillé par des hommes beaux et graves.

> *Là je suis complètement défoncé, donc ça va, je sens pas grand-chose. Mais les toubibs ont quand même eu l'air inquiet. Je me méfie, je me suis même dit qu'ils allaient finir par me le couper.*

Mitch et Fauvel restent silencieux un petit moment. Par la fenêtre, on aperçoit les sempiternelles branches nues de l'hiver, si on se lève, plus bas, un parking pas ouf par son charme. Toujours du brouillard, mais moins épais ici. Michel semble s'assoupir et Fauvel se dit par convention qu'il faut le laisser se reposer. Elle commence à se diriger vers la porte sur la pointe des pieds mais son ami ouvre grand les yeux et dit :

Pars pas.

Puis ajoute :

Je t'ai pas tout dit. Pars pas.

Ce n'est ni de l'étonnement ni même de l'appréhension que ressent Fauvel en se rasseyant, happée par les mots de Mitch, attirée comme par un aimant. C'est vrai qu'il ne lui a pas tout dit. Mécaniquement elle se saisit à nouveau de sa main, attend ce qu'elle sait devoir entendre.

> *Il m'a chopé, il m'a attrapé par la manche, le col, pendant que je courais, il est sorti de nulle part, il m'a bondi dessus et j'ai compris qu'il me guettait, qu'il attendait tapi depuis un moment, qu'il avait toujours su que j'arriverais. Il m'a dit je sais pas quoi, est-ce que je ne me rappelle pas ou est-ce que j'ai pas compris, il m'a parlé à ras de la gueule ça je sais, ça me terrifiait mais aussi – enfin tu sais ce que je pense de lui, c'était pas entièrement désagréable d'être si proche de son corps, enfin sur le moment, pendant un instant c'est ce que je me suis dit mais il s'est mis à me toucher d'une manière différente, malgré toutes mes couches de vêtements, la nature de son contact me brûlait à travers l'étoffe ; c'était affreux, effrayant, il m'a attrapé le cul avec son énorme main et je sentais ses gros doigts qui s'insinuaient vers mon anus à*

travers le pantalon, j'ai crié, je me suis dégagé, j'ai couru, et puis le coup de feu. C'est lui qui a donné l'alerte, qui a appelé tous les autres, mais je crois que personne n'a imaginé que ça pouvait être lui, il a dû jouer la comédie. Avant de tomber dans les pommes j'étais déjà complètement dans les vapes mais dans la confusion partout je voyais son regard qui s'enfonçait dans le mien, qui avait l'air de flotter dans l'espace et qui me fixait droit dans les yeux, toujours partout, et qui me répétait sans dire un mot

ferme ta gueule, ferme ta gueule, ferme ta
gueule, ta gueule, ta gueule, ta gueule.

* * *

Sous la chape de nuages gelés qui pend au-dessus, qui se dresse en parois tout autour, et puis devant aussi, la route se découvre un peu plus à chaque mètre parcouru, au pied d'un mur éthéré dans lequel on fonce, qui se recule toujours un peu plus, qu'on ne percute jamais.

Un supplice pour les suicidaires et les loosers

ricane Fauvel qui n'en reste pas moins concentrée et même un peu inquiète d'y voir aussi peu.

Les lampes de la voiture éclairent un paysage impossible. Fauvel qui ne connaît pas les lieux ne peut jouir du dépaysement, ne voit que les branches les plus basses prises dans le gel, un univers qui se limite aux talus blanchis, qui remonte le long des parois de la voûte dessinée par les phares, c'est un arc, une porte qu'elle franchit sans cesse.

Elle est penchée sur le volant, avance très très lentement, craint de manquer l'intersection fatidique, celle qu'elle ne doit pas rater et que le brouillard aura masquée, craint de voir surgir de son épaisseur levée avec la nuit un animal, un homme, des créatures fantastiques émergeant de l'asphalte même, progressant doucement le long de l'échine de la route, prêts à se fondre sans prévenir dans le bitume froid d'où ils étaient sortis, ou à hanter pour toujours les essieux de la voiture autour desquels ils se seraient enroulés, gémissant pour l'éternité les soirs de pleine lune, les midis de canicule.

Elle sait qu'elle ne devrait pas conduire dans ces conditions – pas conduire la nuit quand les lumières l'aveuglent et les distances dansent incompréhensibles dans son regard de petit cyclope, se diffractant parfois en superpositions – et encore moins dans cette brume sans fin ; mais elle a été piégée par l'obscurité soudaine. Les pneus glissent sur le verglas léger. Pour l'instant, elle garde le contrôle. Elle a fait une erreur, celle de partir tard. Maintenant elle n'a plus d'autre choix que de continuer, elle ne va quand même pas passer la nuit dans la voiture, seule au milieu de nulle part, mourant probablement d'hypothermie.

Elle n'est plus si loin, croit-elle savoir, il faut seulement qu'elle continue encore quelques minutes ainsi, avant de retrouver, cachée plus avant – mais où précisément ? –, l'entrée du chemin de terre qui mène jusqu'à la maison, où l'attendent Mado, Hannah, la sécurité de l'amour.

Fauvel se réchauffe à cette pensée-là, celle de l'affection de ses cohabitantes, et tout à coup elle sent sous ses pieds, tout autour d'elle, la voiture qui commence à filer vite, lissement sur la route, une plaque de verglas…

non, réalise-t-elle en voyant la droiture de la trajectoire, et puis tout son corps est parcouru d'un étrange tintement, de tremblements qui la catapultent subitement vers une lumière, comme si une grotte gemmée s'ouvrait dans l'épaisseur du monde, dans la texture de l'air mais aussi au-dessus et en dessous d'elle, dans son assise physique ; un sacré bordel, en somme, dans lequel Fauvel se jette sans arrière-pensée, téléportée hors de la voiture qu'elle croit entrapercevoir, entre les nuages que ses yeux – ses deux yeux – transpercent comme des rayons laser, rouler à tombeau ouvert seule sur la route, des centaines de mètres plus bas, fanal mouvant signalant un état des choses que sans doute maintenant elle a quitté.

Je me suis toujours sentie hors du monde

a-t-elle le temps de se dire

mais j'ai toujours senti que certains autres
l'étaient encore plus que moi, beaucoup plus ;
pourtant, c'est à moi que ça arrive, tout ça.

Elle se réveille en sursaut dans son lit, ses membres empesés d'étranges courbatures, la poitrine un peu prise, les effets d'une longue nage en haute mer, ou bien d'un cauchemar violent.

Pourtant Fauvel se sent à l'aise, sereine et reposée dans le lit doux, mou, fou, malgré les douleurs ; sûre d'elle bien que ne se souvenant que fragmentairement des événements de la nuit comme d'un grand bal de rêve ou d'une fête dans une immense salle dédiée où elle se serait rendue, quelque part entre le sommeil et autre chose de tout à fait inconnu qu'elle choisit d'appeler le voyage interdimensionnel, sans trop de certitudes cependant.

Ses souvenirs sont troubles, comme aperçus à travers une vitre embuée, présents mais tout juste perceptibles.

D'ailleurs Fauvel ne s'en soucie guère, elle se lève et vaque, elle sent qu'elle a des tas de choses à faire, car son entrevue céleste lui a donné l'assurance nécessaire à sa mission : poursuivre et confondre Julien, car il est coupable.

Profondément, métaphysiquement coupable, s'aventure-t-elle même, en appelant Hannah pour s'enfoncer le ventre vide et le regard fixe entre les collines.

L'autre œil palpite et chauffe.

Hannah et elle perçoivent tout très clairement, tout a la netteté nécessaire à une avancée certaine et sans faille, les sens pointés vers la destination juste. Cheminant, le jour s'ouvre en lumières fantastiques.

Elles marchent longtemps et semble-t-il au hasard, sur des sentiers inconnus et orniéreux. Fauvel ne reconnaît rien mais elle sait que ses pas sont décidés et sûrs et qu'ils doivent bien la mener quelque part ; d'ailleurs elle pressent dans l'avancée d'Hannah quelque chose de tout à fait volontaire. Elle ne sait peut-être pas non plus où elle va, mais elle sait ce qu'elle cherche. Elles ont gravi un court mont, sont redescendues de l'autre côté. Ici la végétation est broussailleuse, grise, partout la roche affleure sous la terre, c'est un paysage indéfini et désagréable, qui a l'air d'avoir été mal rangé par un enfant capricieux et gigantesque. Tout est de guingois. Des arbrisseaux bas affrontent des buissons démesurés à la croissance galopante, l'herbe est rêche, mêlée de mousses visqueuses. Hannah zigzague en tous sens, la truffe collée au sol, affairée. Elle jette de temps à autre des regards expressifs à Fauvel, les sourcils jouent de petites partitions inquiètes, elle lui enjoint de la suivre pas à pas pour tracer au sol leur avancée, s'arrête enfin à l'orée d'un fouillis d'épines.

Après avoir traversé aveuglément le roncier gigantesque, après l'avoir traversé par des voies quelque peu mystérieuses, tant, lorsque Fauvel se retourne sur ses pas, la masse végétale se montre impénétrable dans un sens comme dans l'autre ; elles se retrouvent plutôt intactes, ébouriffées légèrement, légèrement égratignées dans une sorte de clairière, entourées d'épines, de brume, comme s'il n'y avait plus que ça dans l'univers. C'est Hannah avec son flair ou autre chose qui les a menées ici, Hannah dont Fauvel sent dans son crâne l'interminable et sympathique babil, qu'elle ne peut pas tout à fait déchiffrer encore mais qui la traverse comme une rivière généreuse, qui danse et crépite dans son esprit comme un code, comme du morse, comme des séries de chiffres.

Fauvel ne voit pas tout de suite.

Il y a le brouillard, son absorption dans l'esprit d'Hannah. D'ailleurs c'est un léger sentiment d'alarme dans son crâne à elle ou dans celui de la chienne qui lui fait mieux observer la clairière, et, d'entre les ronces, elle voit se découper des formes, avec des odeurs que le froid a immobilisées.

Le charnier se déploie sous leurs yeux.

Un tas d'animaux plus ou moins fraîchement tués, de toutes sortes, pour certains réduits à l'état de squelettes. Ailleurs de volumineux tas d'entrailles. Des crânes petits ou grands roulent ensemble sous ses pas.

Ces crânes, comme tout le reste du massacre bigarré à divers stades de décomposition, sont recouverts de la mystérieuse mousse blanche. Ce matin, Fauvel trouve qu'elle ne ressemble plus à un champignon mais à la cartonneuse meringue que l'on trouve voguant sur les ruisseaux, échouées sur les berges de cours boueux, les mousses de pollution ou la saponine dégorgée par les racines, qui dans la brise s'effeuillent parfois en bulles voltigeant poétiquement dans le monde sale.

Voilà de quoi sont recouverts ces cadavres, sur leurs viscères, leur peau, leurs orbites énucléées, lèvres découpées, vulves incisées ; s'étiolent dans le roncier.

Les cadavres ont-ils été mutilés ? Ou grignotés, les tissus mous, par la décomposition, les charognards, le champignon ? D'ailleurs l'odeur dans l'air froid est davantage celle d'une champignonnière que d'une hécatombe, l'étrange fongus buvant le sang, les entrailles, les baves, les effluves.

Le tas semble attendre quelque chose. Autour, Fauvel aperçoit des traces de brûlure, des formes dessinées dans l'herbe à la pointe d'une torche. Elle croit reconnaître les signes qu'elle a vus ailleurs, aperçoit les fagots disposés formant le bûcher. Peut-être.

Maintenant qu'elles sont arrivées là, faire quoi ? Elles pourraient attendre patiemment que Julien revienne sur les lieux du crime, comme il finira sans aucun doute par le faire, les épaules chargées d'une nouvelle victime, le regard bre-som et fou. Mais alors quoi ?

Quel serait l'objet de leur rencontre ?

Qu'est-ce qu'elles pourraient vraiment contre lui ?

Son idée de confrontation métaphysique lui paraît soudain bien vaine face à un type capable de buter autant d'animaux, de les dépecer, et de violenter encore leur cadavre par jeu.

C'est quand même pas rien ça Fauvel

qu'elle se dit pour elle-même.

Le dénoncer à la police ? Non. Son enquête n'a rien à voir avec la police, son enquête est contre la police.

Non. Tout ce qu'il lui reste à faire, c'est se venger. Voilà, c'est sûr. C'est venir contre, c'est se défendre et défendre ce qui a été blessé, tué.

L'autre œil la brûle et coule de longues larmes synoviques sur ses joues gelées. Ici le brouillard est moins épais et elle voit les arbres recouverts de givre jusqu'au sommet des branches blanchies.

Sous ses pieds est le sol dur, craquant, les herbes gelées semblent se briser comme du verre ou du sucre à chacun de ses mouvements. C'est un temps où l'on ne peut pas pister quoi que ce soit, pas de traces, pas d'odeurs.

Mais elle sait qu'avec Hannah, elles peuvent et vont le retrouver, c'est maintenant.

Hannah semble avoir toujours connu l'existence du tas de cadavres englués, le lui avoir enfin montré, parce que, dans l'ordre de l'enquête, c'était le moment, parce qu'elle sentait Fauvel prête à la découverte – et cette dernière comprend qu'en tout, la chienne la guide depuis le début.

(Mais tout de même, pense-t-elle : peut-être que c'est pour la mettre sur une fausse piste, car c'est par exemple le spot où les chasseurs se débarrassent des cadavres et en fait c'est normal, il y a un endroit comme ça dans chaque bois, dans chaque forêt, un tas de cadavres. C'est comme ça.

C'est pour lui faire croire que Julien est forcément derrière tout ça, forcément tapi et sanguinaire seul derrière ce charnier qui ne peut qu'être une œuvre humaine, alors qu'en réalité c'est comme ça partout. Ou même c'est Hannah qui toutes les nuits commet ces massacres, et peut-être sa victime ultime est-elle Julien, c'est sa vengeance sur les humains ; elle me veut comme témoin, moi que les humains ont trahie.

Elle écarte la pensée du revers de sa main mentale.)

Déjà Hannah trépigne, gémit, comme si elle était retenue par des fers brûlants, comme si le sol n'était pas un tapis givré mais un bouillon de lave.

Suis-moi.

Elles s'élancent hors du cercle maudit, Fauvel se rend compte qu'elle peut fermer les yeux et avancer, l'œil étranger a pris dans sa tête tant d'ampleur, grossissant comme un nuage ; Hannah la guide par un fil invisible qui relie leurs deux cerveaux, la chienne n'attend que ce moment depuis si longtemps, enfin, enfin, la vengeance ; Fauvel perçoit des fragments de mort dans le flot de pensées et de sensations de son devenir-chienne momentané, elle ne s'en inquiète pas. Hannah fera ce que bon lui semble, Hannah fera ce qu'il faudra. Hannah aussi c'est une vie mutilée.

Qu'est-ce qu'elle attendait depuis si longtemps ? Elle aurait pu faire une bouchée de Julien depuis le début.

Elle a toujours su que c'était lui l'ennemi ; lui et le reste.

Les pensées d'Hannah et de Fauvel s'entortillent l'une à l'autre.

Crues, rugueuses, infundibuliformes.

Ça va quelque part. Ça va comme elles avancent, à peine empêchées par les branches basses, le brouillard qui est remonté à toute vitesse, pour les prendre de court. Mais le moment est venu.

Les yeux fermés les deux corps à l'unisson se frayent leur chemin, météores, bolides dans le breuil, tout s'enflamme autour d'elles, dans leurs bouches ont éclos les spores respirées, qui contaminent délicieusement leur sang, qui font de chacune de leurs enjambées un saut vertigineux, un miracle de sensations.

Fauvel se figure à califourchon sur le dos d'Hannah qui l'emporte à travers les airs, qui la transporte comme la veille elle a été quelques instants aspirée hors de la brume, assise dans la chaleur hallucinante d'un non-espace, entourée de consciences invisibles.

Elle a senti tout ça, les présences aliènes, elle en est certaine tout d'un coup. Elle comprend, elle a compris ce qu'il lui arrivait lorsque les entités l'ont pénétrée. Son cerveau s'était ouvert comme une orange avec ses quartiers, comme un fruit quelconque d'ailleurs, délicat et offert, les alvéoles entrelacées ; et puis des communications lui avaient été faites, versées dans le réceptacle béant des cavités, elle n'avait fait que prendre, acquérir mentalement ; ça avait fendu son tronc, son sexe, passant le long des arcs de la jambe. Puis c'était fini.

À dos de chien, les vertèbres roulent entre ses cuisses, contre son pubis, les mouvements des muscles se disloquent en plaques contre sa peau gelée, elle fixe sans faillir sa destination : Julien, son anéantissement, ou quelque chose du genre. Ce qu'il faut faire lui apparaîtra tout à fait clairement le moment venu, apparaîtra également dans sa tête et celle d'Hannah. Elles agiront de front bien sûr.

Les yeux de Fauvel toujours fermés à double tour, vaguant dans un quasi-rêve, traversant des vallons, des gorges à formes animales, abolissant toute distance d'elle aux choses, elle est propre, entière, elle avance en projetant devant elle son cœur.

Pendant un instant, elle oublie de s'accrocher à ses pensées, oublie, rompt le fil, le flux trébuche et puis c'est elle, Fauvel, qui se retrouve à terre, froide, dure, sèche comme la gelée qui recouvre tout. Elle est tombée. Hannah a disparu. Fauvel ahane comme une bête qui a trop galopé la poitrine douloureuse, la trachée comme frottée de pierres. Aucune idée d'où elle est, elles ont couru sur des distances extraordinaires, pendant si longtemps…

Mais non, ok, assez de ce rêve. Il faut se réveiller maintenant, revenir à la réalité.

En s'appuyant sur ses mains engourdies, elle se relève, position assise, défoncée comme jamais. Elle se gratte la tête. Les cheveux sont gras sous le bonnet en laine, lui collent au crâne, le scalp huileux retient les doigts et les mèches. Stress, drogues.

Ce qu'il vient de se passer : aucune idée.

Elle est au milieu de nulle part, un pré, semblerait-il, plat, morne, embrumé comme le reste.

Elle est irrémédiablement perdue avec ses conneries de trajet à l'aveugle.

Il faut retrouver une route, un chemin. Avec ce brouillard, impossible de savoir vers quelle direction se tourner. Quelle heure peut-il être ? Elle a oublié de prendre son téléphone, elle est seule, seule, seule, à une heure sans heure, le ciel blanchi qui l'entoure pourrait être n'importe quand.

L'affolement monte tandis qu'elle fait le tour du pré (immense), le long des haies sombrement hérissées d'épines, interdisant tout passage, nulle part. Le monde est plein de frontières.

Enfin elle tombe sur une barrière, l'escalade, passe dans le champ d'à côté. Labouré, d'énormes mottes de glaise dégelée lui collent aux chaussures, l'alourdissent.

Plus loin, la terre s'assèche, redevient froide. Fauvel pense au réseau de sources souterraines qui roule sous ses pieds, qui détermine si la terre se glace ou non, semant des méandres gras et herbeux à la surface, rejaillissant en bouillons de boue.

Puis tout ça va à l'usine.

D'ailleurs, elle ne l'entend pas gronder ici. Elle doit être vraiment loin.

Fauvel pense à ce que lui a dit Mado au sujet de l'eau. Les étés passés enfante à la rivière, un bief désormais à sec dès le mois de mai, qui ne se remplit plus qu'aux grandes pluies. Le paysage qui change comme un visage qui vieillit, imperceptiblement et sans retour possible – c'est un monde qui s'appauvrit.

Où elles sont toutes ces choses ? Toute cette eau évanouie, ces molécules d'oiseaux morts, d'insectes disparus ? Ça devient quoi ? De la poussière ? Des spores dans le vent ? Comment le monde qui ne peut jamais changer de poids change-t-il autant et que fait-il des disparitions ? Les corps tués des animaux sont-ils remplacés par encore plus de corps d'humains et de machines et de poubelles ? C'est comme ça que ça marche et que le monde ne perd pas l'équilibre, en fait ?

Fauvel pense à ça en escaladant la barrière suivante, qui la mène enfin sur un chemin forestier. Elle pense à son corps qui s'assèche et s'étiole lui aussi. À son corps qui lui est si étranger, habité de créatures inconnues et en nombre, parcouru de substances chimiques dont elle n'imagine même pas le goût ; teintant la viande qui est en elle de toutes sortes de saveurs passagères, dans son cerveau et ses affects, abolissant à chaque heure les pensées et les émotions de la précédente ; la modelant, elle est cent, mille personnes et choses à la fois, simultanément non pas couchées feuilles sur feuilles mais dans une épaisseur bigarrée et feulante.

Au sol elle ramasse une grosse branche noueuse, sèche comme une pierre dans tout ce liquide qui l'entoure, s'en saisit d'une main sûre et ferme, le poignet laxe sous la manche froide.

Elle n'a rien pris avec elle, pas de canif, pas de bombe lacrymogène, rien. Alors c'est ainsi qu'elle se défendra.

Et puis, soudain : elle sait qu'il est là, pas loin, tapi, elle a suivi les traces, elle a flairé sa présence. Elle sent qu'il est là, avec une certitude extralucide.

Elle l'a suivi pas à pas, elle-même basse, creuse, pistant, serpentant sous les futaies le goût métallique dans la bouche.

Plus loin elle a entendu ses pieds qui se posent dans les feuilles mortes, aveuglée par le brouillard elle ne le perçoit qu'indirectement, son odeur de transpi à lui qui s'accroche aux gouttes de givre fondu qui tombent des arbres, qui se mue en plus rien en quelques instants. Il doit savoir qu'il est suivi, il doit sentir sa présence à elle, sa vie qui bat contre ses poignets, qui s'immisce tout autour de son corps pour enfin le piéger.

Elle va s'en saisir et le briser, s'en saisir et l'extirper de sa supériorité crasse, le faire rompre et rendre, qu'il se plie à sa force enfin. Qu'il se brise enfin, que le moment de vérité soit à la faveur de Fauvel, enfin, une femme dans les bois armée d'un gourdin, une sauvageonne armée de sa colère, des outrages qu'elle n'a pas fini de subir, dont l'issue entrevue ne pourrait être que la fin de son corps encombrant.

Comme certains corps sont encombrants.

Julien n'est qu'une cible parmi d'autres – et tant pis. L'objectification est infinie, coule entre eux comme une rivière bouclant sans fin, coule jusqu'à devenir incompréhensible.

Elle a peu d'espoir dans cette situation, mais elle sait qu'elle doit avancer sur la piste fraîche, réduire en poussière l'ennemi ; la poussière de la piste qui se poursuit.

Savez-vous comment la peur peut briser jusqu'au plus petit fragment d'un être ? Le moindre son menace, la moindre présence peut prendre la forme d'une attaque ; tout vise à nous réduire à néant. On ne peut plus sortir, chaque mètre parcouru est propice à sursaut, à cœur qui défaille, à cœur meurtri. On ne peut plus aimer, on ne peut plus penser. Les tremblements s'invitent n'importe quand, n'importe où, surtout quand la peur semble avoir été conjurée, semble s'être évanouie dans les ombres, plus loin, loin, on a franchi la distance au-delà de laquelle on est redevenue une forteresse imprenable. Et puis la peur revient, elle s'installe dans tout le corps comme si elle ne l'avait jamais quitté, elle se fond dans les muscles en liquéfaction. Elle possède, elle devient nous. Il n'existe aucun prêtre pour l'exorciser. Il faut changer de trottoir, changer de rue, changer de ville, changer, se renouveler sans cesse pour qu'elle ne nous reconnaisse pas, mais elle nous retrouve toujours.

Ô vous les très-hauts pour qui il est inconcevable de mesurer ce qu'est une vie de crainte, une vie où la peur, tandis qu'elle nous dévore les entrailles, ne doit jamais être dite ni montrée, mais bat dans les veines en tachycardie, glas sans fin, tous les jours que dure une vie, considérez un instant ces existences-là, toutes ces autres existences marquées par l'inquiétude.

Elle finit par rugir par nos bouches ou nous étouffer à jamais. Et c'est fini.

Ainsi Fauvel s'avance, tenaillée par la crainte revenue comme une malédiction, malgré les moments où elle a cru s'en être libérée ; plus que jamais honteuse de cette peur dont elle s'accuse encore, plus que jamais en colère de ce que cet homme-là, en particulier, l'inquiète vivement, et tant d'autres avant et après, une procession sans queue ni tête qui méandre dans sa vie ; furieuse qu'on lui fasse peur enfin, et qu'on s'amuse de l'effrayer.

Plus loin, Julien s'est arrêté. Immobile juste derrière un bosquet elle sent comme elle avance qu'il l'attend, qu'il attend la confrontation.

Fauvel fait tournoyer son gourdin à la force de son poignet pour se donner du courage et de la puissance cinétique. Elle doute tout à coup qu'il puisse lui servir à quoi que ce soit contre les armes à feu et les habitudes féroces de Julien. Lui sait quoi faire dans cette situation, elle, non.

Sa présence est encore invisible mais elle sait qu'il ne bouge plus et qu'il l'attend, juste de l'autre côté de ce buisson de houx qui brille de toutes ses feuilles cirées, vaguement festif et incongru dans les dégouttements du dégel qui l'entourent.

Contourner tout doucement le houx, sentir l'accrochement minuscule des pointes sur le manteau, quelques-unes contre sa joue.

Julien est là dans la clairière, qui la regarde droit dans les yeux.

Il tient déjà sa queue dans sa main

(Fauvel se demande en premier lieu s'il n'a pas froid, bite nue dans le brouillard givrant, c'est la dernière chose qu'elle pensera avant un moment), il bande en la regardant, ou du moins en voyant son expression de surprise, de dégoût, de peur, en voyant qu'elle est clouée sur place, plus capable de rien faire que de le voir, que de se trouver engloutie et noyée par la vision détestable.

Sa main qui allait et venait lentement, presque rêveusement, sur son sexe dans l'attente de sa proie, s'accélère et un rictus tord son visage, ses yeux enfoncés semblent affleurer aux sourcils dans sa précipitation à mener toujours plus loin son geste, et plus vite ; le regard vitreux semble se perdre sur son œil blessé, ou du moins c'est ce qu'il semble à Fauvel qui demeure toujours paralysée, immobile comme si des racines la fixaient une pelletée de mètres sous terre.

Cela dure un instant ou des heures. Fauvel est hors du temps, le temps n'a plus tellement d'importance, d'ailleurs existe-t-il vraiment ? Comme son crâne est vide de toute pensée, comment savoir si quoi que ce soit persiste encore à être.

C'est bientôt la fin.

Julien est frénétique, voûté et tremblant, son rictus semble de douleur et soudain il perd l'équilibre, soudain il tombe sur le dos son sexe à la main, travaillant, travaillant encore, jusqu'à ce que ses éjaculats giclent comme des crachats visés entre les dents, hauts comme des arcs qui se succèdent dans les airs, tombent mous et presque immédiatement invisibles dans les feuilles mortes.

Combien de temps qu'elle est plantée là ? Elle n'entend plus rien que les gouttes d'eau qui tombent des branches – de plus en plus rarement, car le froid s'installe à nouveau ; elle est restée si longtemps aveugle.

Elle est seule.

Julien a disparu sans laisser de trace, où, comment, impossible de savoir.

Il a disparu voilà tout, et son affreux bouquet d'hommages, sa brassée de folle avoine avec lui.

Fauvel se secoue un peu, elle est toujours là et elle sent même les feuilles aiguisées du houx qui incisent ses mains. C'est fini. La conscience lui revient du haut de ses sourcils et tout le long de son scalp, à l'intérieur comme une vague qui fait le voyage retour sur une plage d'un sable si fin qu'il est sec et qu'il crisse sous la remontée des eaux, elle entend son cerveau ratatiné faire aaaaah et tous ses organes se remettre à respirer.

Elle a quelques sanglots qui remontent du fond de sa poitrine.

Elle ne pleure pas.

Que s'est-il vraiment passé ?

Elle titube et trébuche en avant, le gourdin, lui, est déjà à terre. Regard amer.

D'entre les feuilles monte l'odeur.

Et les spores : elles croissent presque à vue d'œil là où le liquide séminal est tombé.

Sur les lieux du crime le mystérieux fongus s'étend silencieusement, les fibrilles s'élèvent vers le ciel, fines et odorantes. Fauvel se penche et c'est là, cette odeur capiteuse, qui se colle à l'arrière du palais. C'est ça. C'est ici.

La preuve.

Elle hésite un peu, puis se baisse pour prélever du bout de l'auriculaire un filament ou deux qui se froncent sur sa peau. Avalés elle reprend le chemin du retour, et elle sent refluer les certitudes.

Le trajet passe comme un songe, les arbres s'ouvrent devant elle. La maison n'est plus loin. Il faut qu'elle s'assure que Mado va bien, qu'Hannah est bien rentrée. Son esprit court en même temps sur un plan injoignable, il se passe autre chose dans son crâne, la moisissure fait son œuvre, fleurit amicalement dans l'électricité humide.

* * *

Dans le jardin qui s'assombrit déjà, elle aperçoit une forme chiffonnée au sol, qui bouge lentement, comme un tas de nippes abandonnées, déplacées fil à fil par le vent.

C'est pas un animal.

C'est Julien.

Roulé en boule comme un énorme nourrisson coliqueux, les vêtements sales et déchirés, dépenaillé certes comme tout à l'heure mais à présent victime de son costume. Plus tôt, il était trop petit pour le contenir turgescent, maintenant il l'avale, il l'a submergé.

Fauvel s'approche, prête à poser un pied triomphateur sur sa carcasse, lorsqu'elle s'aperçoit que son visage est mutilé, que les pans qui le drapent sont aussi de peau, d'entrailles qui s'enveloppent ici ou là, se mêlant. Ce qu'elle a pris pour de l'ombre coulant tout autour de lui, c'est du sang.

Julien râle, étend vers elle une main crispée de zombie ou de soldat à terre.

C'est ta putain de chienne elle m'a eu
chevrote-t-il le corps parcouru de violents frissons.

Je vais crever je vais crever j'en étais sûr ils me l'avaient bien dit ils m'avaient prévenu que ça se passerait sûrement comme ça si j'y arrivais pas si j'arrivais pas à faire le nécessaire voilà.

Fauvel murmure
Ta gueule
et s'avance vers la maison pour appeler une ambulance, réfléchissant que c'est son humanité, que c'est son inhumanité qui parlent, qui l'agissent, qui irriguent son cerveau drogué.

La maison est vide. Ni Hannah, ni Mado. À se demander si Fauvel les a rêvées, si elle rêve comme ça, tout, depuis des années. Si elle ne fait que lutter contre l'ignoble Julien depuis des lustres, si par obligation morale elle s'est bâti tout un monde fictionnel qui à présent s'effrite comme du sable sous ses doigts.

Au téléphone elle explique calmement.

Ne le bougez surtout pas
lui enjoint-on au bout du fil, ce à quoi elle répond, dans sa tête : aucun risque.

Elle s'assied et attend, regarde par la fenêtre la forme agonisante. Le brouillard a désépaissi, elle distingue jusqu'aux arbres. Pas de louvetiers, plus rien, juste la forêt nue et vide, peuplée de créatures à ne pas connaître, furtives et seules, craignant grandement la mort. Ce qui ne concerne plus Fauvel.

L'autre œil la brûle, s'enfonce loin dans son crâne comme un petit charbon, creuse son orbite, creuse creuse jusqu'à tomber dans le puits infini de l'espace – chutant sans fin dans la nuit noire.

Elle reste immobile, tourniquant doucement à l'intérieur de soi, lentement titubante.

L'ambulance arrive, elle répond aux questions, elle regarde le paquet de chair qu'est Julien être embarqué dans l'ambulance qui démarre et l'emporte à jamais au loin.

Elle sombre dans un sommeil envahi de ronces qui se précipitent les unes dans les autres, sans s'arrêter.

Elle a chaud mais reste sèche.

Tout au long de son sommeil, elle attend.

Au matin le plus petit, alors que les derniers grésillements fongiques s'estompent dans son cerveau, la communication arrive. Elle voit passer comme un souffle énorme un charivari de formes plus ou moins nettes et trébuchantes parmi les branches des arbres, sur le toit, tout autour de la maison, parmi les brindilles d'herbe emportant avec elles de grands ballots de nuages, et puis elle voit Hannah, recouverte, dévorée par le champignon blanc, de ses crocs jusqu'à la pointe de sa queue comme un infâme shampooing, qui les poursuit en gueulant affreusement.

La séquence suivante est d'une tristesse à crever.

Le ciel est nu, propre, la brume a disparu. L'aube a une couleur : poudreuse et bleue, et il semble à Fauvel qu'elle voit parfaitement de ses deux yeux.

Hannah réapparaît. Elle est lavée à présent, semble vierge de toute excroissance, mais Fauvel sait qu'elle est consumée de l'intérieur par l'organisme étranger. Elle a fait l'effort de se présenter cette dernière fois ainsi, nette, débarrassée en apparence des mutations de son corps, pour laisser à leurs adieux un goût de dignité et non de champignon. Elles s'enlacent sur le gazon propre où ne subsiste plus une goutte de sang, pas un bout d'intestin, rien qui prouve que ce cauchemar ait existé. L'herbe est nette, chaque brin défini et vigoureux dans l'air hivernal.

Fauvel est peu vêtue mais n'a pas froid, elle se perd dans la douceur électrique du pelage noir, dans l'amour qui lui déchire la poitrine, Hannah qui passe sa tête dure contre ses bras, son échine, son visage, fort, fort, pour ne pas oublier, pour que le souvenir s'imprime dans ses cellules, dans la peau de son corps, emprisonné dans qui est et sera Fauvel à tout jamais. Fauvel quant à elle s'efforce de contenir Hannah tout entière dans ses bras, dans les tentacules qui lui servent de membres, pour la traverser d'amour, la guérir espère-t-elle vainement, dardant sur elle ses rayons de pure love, jusqu'aux tréfonds de sa chair canine en répétant je t'aime je t'aime je t'aime à n'en plus finir, le son est un écho en boucle tout autour d'elles dans le jardin du destin, le désespoir s'écrase en vagues, bientôt il faudra partir, bientôt bientôt le moment de la séparation. Des pensées canines tourbillonnent et Fauvel les attrape au vol :

Je suis désolée de ne pas l'avoir tué.

Que leur amitié est douce, que leur amour est immense, les caresses sont toujours là mais elles savent qu'il n'y en a plus pour longtemps, elles s'accrochent maintenant l'une à l'autre avec une tristesse et une frénésie plus réelles, plus urgentes.

Ne me laisse pas ma poitrine me fait si mal je ne peux plus respirer oh ;

mais au beau milieu du plus fort déjà Hannah, la patte posée dans la paume de Fauvel, s'éloigne doucement sans même bouger d'un muscle semble-t-il, elle glisse dans le jardin, elles ne se touchent plus depuis longtemps, et Fauvel sent l'arrachement dans son cœur,

Oh mon cœur

gémit-elle. Hannah est à l'orée du bois. La membrane la recouvre à nouveau, la dévore sous les yeux de Fauvel, Hannah la regarde une dernière fois, profondément, et s'enfonce à travers le monde ; Fauvel un moment peut la suivre du regard serpentant entre les collines entre les arbres et puis c'est fini. Elle est seule.

Elle se réveille en pleurant.

C'est énigmatique mais Mado est à son chevet qui pleure aussi.

Il est mort

sanglote-t-elle,

tout là-bas il est mort.

Fauvel ne comprend pas mais ne demande pas qui. Elle saura bien assez vite, pas la peine de précipiter un moment peut-être désagréable.

Mich-Mich mort, Hannah évanouie, disparue à jamais, elle aurait du mal à s'en remettre. Elle fait le vœu honnête que ce soit Julien, n'ose pas souhaiter que ce ne fût pas son ami.

Il a bu quelque chose

poursuit Mado.

Une eau pas propre, je sais pas, et ils l'ont mal soigné.

Fauvel se gratte la tête. Est-ce qu'elle ne s'est pas réveillée ?

Viens plus près Mado

finit-elle par dire.

Qu'est-ce qu'il se passe ?

Et, enfin :

Qui ?

Papa, papa est mort

gémit Mado.

Il est mort là-bas loin de moi, tout là-bas dans un pays lointain, je ne lui avais même pas souhaité bon voyage.

Chafouinement Fauvel pense

Au moins je n'aurai pas à lui dire que la chienne s'est enfuie, qu'elle ne reviendra pas.

* * *

Tout était fini, Hélène était repartie vers une de ses nombreuses maisons secondaires, éplorée mais non sans la satisfaction du travail bien fait.

L'affaire avait été rondement menée : rapatriement du corps, organisation des obsèques. Elle avait opté pour la crémation – Luc ne lui en avait jamais parlé mais il lui semblait à elle plus logique de tout détruire.

Détruire les preuves, avait-elle pensé avec un demi-sourire.

Elle avait été splendide bien sûr, s'occupant de Mado avec une grâce et une chaleur irréprochables, gérant les papiers, les histoires d'argent, assise à la table du salon entourée d'un nuage de fumée parfum crème brûlée, sous l'œil grognon d'Hannah I.

Mado, au demeurant, aurait pu s'acquitter elle-même de ces tâches, car une fois le premier choc passé, elle avait plutôt bien tenu le coup, triste mais pas trop triste, rendue seulement un peu plus docile et attentionnée par le deuil.

C'est aussi qu'elle était amoureuse, car le soir même de l'annonce de la mort de Luc, une jeune femme apparemment en cavale, Béryl, avait débarqué à la maison, demandant qu'on la cache. Hélène était arrivée le lendemain matin très tôt, devançant le cadavre transporté par les airs.

Elle n'avait pas dormi depuis quarante-huit heures, hagarde et rayonnante, les bras chargés de présents exotiques (poupées, bijoux, minuscules objets peints à la main) et de viennoiseries achetées sur la route depuis l'aéroport. Elle était tombée sur Mado et Béryl – elle découvrit cette dernière avec une sorte d'émerveillement (elle avait des yeux extraordinaires, d'un vert très sombre sous le pli épicanthique) – elles non plus n'avaient pas dormi de la nuit, discutant encore fiévreusement près de la cheminée où personne n'avait fait de feu depuis si longtemps mais où à présent les braises s'éteignaient petit à petit.

Fauvel avait paru quelque peu attristée de cette complicité excluante, d'ailleurs elle était la plus affligée de toutes, mais elle pleurait quant à elle la disparition de la chienne.

On l'avait retrouvée quelques jours plus tard, coincée entre des rochers d'une source qui n'émettait plus que quelques gargouillis d'une eau pestilentielle. Elle avait été tuée d'une morsure nette sur la carotide. Son corps était boursouflé et blanchi, légèrement filamenteux. Il s'avéra que la nappe phréatique avait été contaminée, vraisemblablement *via* son cadavre, par une bactérie inconnue sans doute ramenée du laboratoire dont elle était issue – après tout, ce ne serait pas la première fois que ce genre de chose arrivait. Tout cela n'était pas sûr cependant, il s'agissait de conjectures.

Hélène s'était sentie un instant presque coupable : après tout, ce chien, c'est elle qui l'avait fait exister, et puis d'ailleurs c'est elle qui avait emmené Luc en voyage – en somme, on aurait pu dire que tout était de sa faute. Mais cette idée ne l'intéressa pas beaucoup et elle n'y prêta guère attention. En tout cas, l'usine d'eau minérale avait dû être mise à l'arrêt, des milliers de bouteilles avaient été rappelées. On n'entendait plus le vrombissement continu et sourd, qui, on s'en rendait compte à présent, avait envahi le moindre recoin de la campagne alentour, toujours pompant, toujours grondant.

Tout le monde avait poussé un grand soupir de soulagement. C'était fini. Sûrement que ça reprendrait plus tard, mais pour le moment, c'était fini.

De toute façon, elle avait un goût de merde, cette eau

entendait-on ici ou là.

Un goût de soufre.

La chasse aussi s'était arrêtée : la saison était terminée. Comme les choses avaient changé depuis son départ, pensa Hélène, mais en mieux, malgré tout, en mieux.

Le seul bonheur de Fauvel était un drôle de petit bonhomme boiteux qui venait lui rendre visite, un certain Mich-Mich avec qui elle conversait pendant de longues heures, tous deux assis dans le jardin, au soleil froid de fin d'hiver, ou enfoncés dans le canapé du salon. Leurs discussions étaient tout à fait invraisemblables et Hélène s'était amusée à les écouter, l'air de rien.

> *Ils ne vont plus aller dans l'espace, c'est fini. Ils veulent pas me dire pourquoi, ils veulent à peine me parler maintenant, limite ils nient avoir jamais passé du temps dans les vaisseaux. Ils sont là… oui… oh… j'ai dit ça pour te faire marcher mon Mitch, t'y as cru, vraiment ? Et après ils rigolent, et après ils lâchent un petit truc en scred genre : n'empêche, elle me manque la lumière, ou : c'est fini, c'est dommage. Mais bon le truc, tu vois, c'est que leur gourou est inaccessible, vu que Julien il est à l'hôpital en chambre stérile, il va pas ressortir de sitôt, et puis ça m'étonnerait qu'il se remette à chasser. Ça, ils me le disent franchement : sans Julien, plus le goût à la chasse, plus la furie, plus l'excitation. Julien avait un don pour pister, viser, tuer, comme un sixième sens, un don divin, qui lui disait toujours où étaient les bêtes, comment. Et il était fou, fou de tuerie. Maintenant, sans lui, c'est plus la même chose. Ils sauraient même plus quoi tuer, ni pourquoi. Ils sont comme écœurés. On dirait qu'on leur a volé leur force vitale. Julien leur avait dit qu'ils devaient tuer des trucs pour repartir dans l'espace, quelque chose comme ça. Ils m'ont jamais vraiment expliqué. Julien m'en a jamais parlé, lui. D'ailleurs tu as remarqué qu'on parle plus*

des animaux mutilés depuis qu'il est à l'hosto ?
Y en a plus, je crois.

En même temps, y a plus Hannah non plus, soupira Fauvel.
Ça aurait très bien pu être elle aussi.
J'avoue
marmonna conclusivement Mitch.
J'avoue.

Quant à Hélène, elle réfléchissait en faisant des piles de paperasses chaotiques :
Et c'est Hannah qui leur découpait les yeux peut-être aussi ? Je crois pas. Quoique, elle aurait pu les tuer et l'autre fou serait passé derrière pour faire sa dégoûtante petite affaire. Ou ç'aurait été une autre bête, celle qui avait tué la chienne, une bête qu'il aurait pistée, nuit après nuit, il serait allé chercher les cadavres pour leur retirer les organes. Mais pour quoi faire ? Va savoir. De toute façon, c'est fini à présent.

C'était des sacrifices tout de même, non ? hasarda-t-elle à haute voix.
Les yeux, les organes, les vulves découpées. C'était pour quelque chose au moins, non ? C'était pas pour rien ?
On ne sait pas, on ne sait vraiment pas, répondaient les enfants.
On n'en sait rien.

Tous trois étaient restés silencieux un moment, le regard vague. Dehors il s'était remis à pleuvoir, beaucoup, et tous en avaient conçu du soulagement. La terre se gorgeait d'eau que c'était plaisir à voir.

Hélène songea à la source qui se remplissait d'eau nouvelle, pure, fraîche ; elle pensa à sa nouvelle vie, sa vie sans Luc, et elle se demandait ce que Luc y avait fait pendant si longtemps. Elle était éplorée sans plus.

Fauvel aussi pensait aux rigoles d'eau qui allaient se former partout, qui allaient dégringoler jusqu'à la source, qui plongeraient au plus profond de la terre, une eau qui rejaillirait sans prévenir, inquantifiable, effrayante, bizarrement sacrée, plus ou moins propre.

Mich-Mich quant à lui écoutait rêveusement le bruit des gouttes et se perdait dans leur complexité sonore, sans penser à grand-chose. Il se dit qu'il fallait vraiment qu'il réduise le pétard, il s'appesantit quelques instants sur les difficultés que présentait à présent l'achèvement de sa thèse.

La pluie n'avait cessé que plusieurs jours après. Hélène était repartie, le corps de Luc dûment incinéré. Mado, Béryl et Fauvel avaient institué une vie domestique simple et agréable.

Fauvel n'avait plus d'herbe, elle se sentait prête, malgré la tristesse de la perte d'Hannah, à revenir au monde. Mado et Béryl (perpétuellement enlacées l'une à l'autre, ou du moins se frôlant en permanence, même si ce n'était que du coude ou du mollet, sans pour autant en devenir détestables) l'y attendaient.

Fauvel était incapable de ressentir de la jalousie pour Béryl, dont l'intelligence calme et intense prévenait tous les doutes et toutes les interrogations avant même qu'elles n'émergent. Béryl se tenait là, fugitive, aimablement attentive à tout, posant les bonnes questions, posant une main sur l'épaule. Elle documentait de temps à autre sa vie dans la planque, prenait des photos et des notes, mais se consacrait surtout à Mado et à leurs liens.

Mado, elle, avait quitté le travail. Sans prévenir, sans vraiment rien faire d'ailleurs, elle avait cessé même d'y penser. Ce n'était plus la peine.

C'était la fin de l'après-midi. La pluie s'était arrêtée et un soleil anémique dardait même quelques rayons faiblards. Sans dire un mot, les trois habitantes s'étaient réunies à la grande porte-fenêtre du salon, regardant le jardin où avaient éclos comme par miracle de petites marguerites molles, et entre les brins d'herbe, sous eux presque, courait immense le grand champignon, quelques filaments sporigènes pointant leur tête ici ou là.

Le jardin était recouvert, il en poussait partout. Elles n'avaient pas peur. Respirant l'air sans doute chargé de spores, elles s'étaient tenu les mains.

Dans le sous-bois, une forme remuait, immense, sombre.

Une ourse efflanquée s'avança d'entre les arbres, sa truffe aux narines écarquillées traînant sur le sol, ses épaules roulant sous la peau huileuse et élastique du dos.

La petite langue rose parcourait le sol devant elle, partie en éclaireuse pour le reste de son corps. Les yeux semblaient mi-clos, myopes, dysfonctionnels. L'ourse trébuchait, les articulations mauvaises. Encore mal réveillée de sa très longue sieste hivernale.

Elle s'arrêta. Ferma tout à fait les yeux, leva la truffe. Les filles se tenaient les mains au point de les faire blanchir.

Elle lécha le sol à nouveau, un grand coup, poussant fleurs, terre, champignon, herbes, tout roulait dans sa gueule et elle se dressa sur ses pattes arrière, chancelante, étonnamment immense, les épaules tombantes et le cou puissant, elle fit quelques pas en direction de la maison, dévia, leva un bras, baissa la tête, retomba à quatre pattes, se redressa, se balançant. Sa gorge de temps à autre émettait de petits gémissements.

Aucun rythme humain, mais une danse néanmoins. Une aventure émotionnelle, intérieure, spatiale.

Elle battait l'air de ses griffes, tombait, roulait à terre, le dos constellé, redevenait verticale.

La lune s'était levée et brillait très fort dans le ciel encore bleu jour, peuplé de centaines de présences. Elles restèrent immobiles et silencieuses jusqu'à ce qu'elles ne voient plus rien.

REMERCIEMENTS

Ce roman, comme tous les romans, assemble et amalgame des événements, des expériences, des lectures et des personnes dont il est le reflet, autant ou plus qu'il n'est le reflet de la main qui écrit.

Il serait vain d'essayer de tous les citer, bien que je sois reconnaissante de (presque) tout. J'aimerais plus particulièrement dire merci à quelques personnes ayant directement contribué à son existence :

Aux premier·es lecteur·ices d'*Aliène* pour leur finesse, leurs encouragements et leur amitié – Agathe, Alex Ratcharge, Julie Bluthund, Luce Fournier, Maxime Delavet, Orlando et Telly ;

À Françoise Delmez et à la Maison Losseau de Mons, pour leur accueil en résidence dans le froid et le brouillard ;

À celles et ceux qui m'ont fait confiance et guidée dans le labyrinthe éditorial – Antoine Jobard aux éditions Le Sabot, qui m'a glissé les chaussures magiques aux pieds ; Laura Biberson, de l'agence Ariane Geffard, qui a dévidé le fil ; Adrien Bosc et Julie Thévenet, des Éditions du sous-sol, qui m'ont entraînée dans les galeries ;

À celles et ceux qui étaient présent·es ce soir-là dans la rue, et tous les autres soirs, après, ailleurs.

RÉALISATION : NORD COMPO À VILLENEUVE-D'ASCQ
IMPRIMERIE NORMANDIE ROTO IMPRESSION S.A.S. À LONRAI
DÉPÔT LÉGAL : JANVIER 2024. N° 154759-5 (2402464)
IMPRIMÉ EN FRANCE